코코의 마음 영화관

코코의 마음 영화관

청소년 성장소설 십대들의 힐링캠프, 사랑(초등고학년)

[십대들의 힐링캠프®] 시리즈 NO.77

지은이 | 김태은
발행인 | 김경아

2024년 7월 1일 1판 1쇄 인쇄
2024년 7월 7일 1판 1쇄 발행

이 책을 만든 사람들
책임 기획 | 김경아
기획 | 김효정

북 디자인 | KHJ북디자인
표지 삽화 | 발라
경영 지원 | 홍종남
기획 어시스턴트 | 홍정욱, 한선민, 박승아
제목 | 구산책이름연구소
책임 교정 | 이홍림
교정 | 주경숙, 김윤지

종이 및 인쇄 제작 파트너
JPC 정동수 대표, 천일문화사 유재상 실장, 알래스카인디고 장준우 대표

청소년 기획위원
정가인, 양태훈, 양재욱

펴낸곳 | 행복한나무
출판등록 | 2007년 3월 7일. 제 2007-5호
주소 | 경기도 남양주시 도농로 34, 301동 301호(다산동, 플루리움)
전화 | 02) 322-3856 팩스 | 02) 322-3857
홈페이지 | www.ihappytree.com | bit.ly/happytree2007
도서 문의(출판사 e-mail) | e21chope@daum.net
내용 문의(지은이 e-mail) | tan1020@naver.com
※ 이 책을 읽다가 궁금한 점이 있을 때는 지은이 e-mail을 이용해 주세요.

ISBN 979-11-94010-02-9
"행복한나무" 도서번호 : 181

※ [십대들의 힐링캠프®] 시리즈는 "행복한나무" 출판사의 청소년 브랜드입니다.

코코의 마음 영화관

| 김태은 지음 |

HEART CINEMA

오늘의 상영작

상영중

차례

마음영화관
HEART CINEMA

오늘의 상영작

| 프롤로그 |

코코의 마음 영화관

[마음 영화관]

혹시 들어본 적 있니?

필요한 곳에 갑자기 생겨났다 어느 순간 사라지는 마법 같은 영화관.

겉모습은 100년이나 된 것처럼 낡아 보이지만, 그 안은 따뜻하고 아늑한 영화관.

영화관 주인은 은발에 하얀 정장을 입고 동그란 안경을 낀, 마음 따뜻한 '포포' 할아버지야. 무엇으로든 변신이 가능한 고양이 '코코'와 살고 있지.

포포 할아버지는 마음을 볼 수 있는 영화를 만들고, 코코는 영화를 볼 행운의 아이를 골라 황금별이 그려진 초대장을 선물한단다.

황금별 초대장이 있으면 마음 영화관을 발견할 수 있어. 그리고 그곳에서 영화를 볼 수 있지. 영화를 보고 나면, 신기하게도 슬프고 모난 마음은 사라지고 무언가 다시 시작할 용기를 얻게 된다는데….

하루에 단 한 사람만을 위해 열리는 마음 영화관에 가게 될 행운의 아이는 누구일까?

'딸랑딸랑.'
마음 영화관의 문이 열리고 있어.

"고운아, 영화 속에서 엄마가 했던 말 기억나니?
엄마 딸로 와줘서 고맙다고 했던 말. 그게 엄마의 진짜 마음이란다."

'진짜 마음?'

고운이는 할아버지가 한 말을 속으로 되뇌어 봤어.
영화에서 엄마가 고운이에게 했던 다정한 말들이
마음속에 차곡차곡 포개어지는 것 같아 따뜻했지.

1

엄마는 나를 사랑하지 않는 걸까?

_ 고운

고운이에게는 여섯 살 난 남동생 솔이가 있어. 둘은 툭하면 싸우곤 해. 물론 처음부터 그랬던 건 아니야. 동생이 없었을 때, 고운이는 동생이 하나 있었으면 했어. 친구들이 동생이랑 노는 모습을 보면 부러웠거든. 그래서 엄마 아빠에게 나도 동생이 있으면 좋겠다고, 동생 하나만 낳아달라고 떼를 쓰곤 했지.

그러다 고운이가 일곱 살 때 솔이가 태어났어. 뽀얗고 하얀 피부에 발그레한 두 볼, 앙증맞은 손가락과 발가락, 솜털처럼 올라온 까만 머리카락이 막 태어난 강아지처럼 얼마나 귀여웠는지 몰라. 집에 있을 땐 온종일 아기 침대 옆에 붙어 있을 만큼, 고운이는 오랫동안 기다렸던 동생이 생겨서 참 좋았어. 그래서 기저귀를 갈 때가 되면 먼저 일어나 기저귀를 가져다주기도 하고, 엄마가 분유를 먹이고 나서 트림을 시킬 때는 고운이가 솔이의 작은 등을 조심스럽게 토닥여 주기도 했지.

그런데 점차 시간이 지나면서 고운이는 허전한 마음이 들었어. 가끔 고운이와 놀아주던 아빠가 회사 일로 지방으로 내려간 데다, 엄마 혼자 솔이를 챙기느라 이전처럼 고운이와 많은 시간을 보낼 수가 없었거든. 예전에는 고운이가 "엄마, 나 책 좀 읽어줘."라고 하면 "읽고 싶은 책 골라 와." 하고는 다정한 목소리로 책을 읽어

주셨거든. 그런데 언젠가부터 “이제 그런 건 혼자 할 수 있지 않아?” 하고는 안아달라고 우는 솔이한테 가버리는 거야. 밥을 먹을 때도, 차를 탈 때도, 잠을 잘 때도 언젠가부터 엄마의 옆자리는 늘 솔이 차지가 되었고 말야. ‘그래, 솔이는 아기니까.’ 하고 머릿속으로 이해하다가도 엄마가 솔이를 안고 웃는 모습을 보면 고운이 혼자 외딴 섬에 떨어져 있는 기분이었지.

고운이가 보기에, 솔이는 여섯 살이 되면서 더 고집도 세지고 제멋대로인 아이가 된 것 같았어. 잘 놀다가도 마음에 들지 않으면 어리광을 부리고, 고운이가 책을 읽거나 숙제를 해야 할 때도 놀아달라고 떼를 썼거든. 안 된다고 하면 큰 소리로 울어서 엄마한테 고운이만 혼나곤 했지.

지난번에는 갑자기 일이 생긴 엄마가 고운이에게 집에서 솔이를 좀 챙기라고 해서, 친구 생일파티에도 가지 못했어. 얼마나 속상하고 화가 나던지. 하지만 무엇보다 슬펐던 건 엄마가 그런 고운이 마음을 알아주지 않는다는 거야. 고운이와 솔이가 싸우면 엄마는 항상 솔이 편을 들었으니까. 엄마는 고운이가 누나니까 동생을 이해해 줘야 한대. 솔이가 아직 어려서 잘 몰라서 그런 거라고. 그런 말을 들을 때마다 고운이는 세상에 덩그러니 혼자 남겨진 것만 같은 기분이 들었어. 고운이 생각에, 엄마 마음속에 이제 자기 자리는 없는 것 같았어.

오늘도 고운이는 솔이와 싸웠어.

"얼른 안 내놔?"

"싫어. 나, 이거 쓸 거야."

"그거 선물받은 거란 말이야. 나도 안 썼는데, 네가 가져가면 어떻게 해?"

고운이가 솔이 손에 있는 색깔 볼펜을 낚아채자 솔이가 울음을 터뜨렸어. 엄마가 설거지를 하다 말고 달려왔지.

"또 무슨 일이야?"

엄마가 얼굴을 찌푸리며 물었어.

"나, 이거 쓸 건데 누나가 안 줘."

솔이가 울먹이면서 엄마 팔을 잡아끌더니 말했어.

"별것도 아닌 걸 가지고 왜 동생을 울려? 그냥 좀 빌려주지."

엄마가 고운이를 보며 한소리 했지.

"빌려간 게 아니고 그냥 몰래 가져간 거야. 그리고 이거, 선물받은 거란 말이야. 나도 안 쓴 거."

"그깟 볼펜 하나 때문에 동생이랑 싸우는 거야? 누나면 누나답게 동생도 챙기고 해야지. 엄마 지금 바쁜 거 안 보여?"

엄마가 큰 소리로 화를 냈어. 솔이는 엄마 뒤에 숨어서 혀를 날름 내밀더니 도망갔고. 그 모습이 너무 얄미워서 고운이는 솔이를 한 대 콱 쥐어박고 싶었어. 고운이가 솔이를 노려보다 엄마에게 대들었어.

"엄마는 왜 맨날 나한테만 화내? 엄마는 나보다 솔이가 좋은 거지?"

"그런 말이 어딨어?"

엄마가 두 눈썹을 위로 치켜뜨며 말했어.

"진짜 동생 없었으면 좋겠어."

고운이가 울컥 치미는 화를 참지 못하고 소리를 질렀어. 아차 싶었지만, 이미 엎질러진 물이었지.

"어디서 그런 말을 해?"

엄마가 버럭 화를 내더니 고무장갑 낀 손으로 고운이 등을 때렸어. '찰싹' 하는 소리가 나고 고운이 등이 조금 젖었어. 덩달아 고운이의 마음까지 서늘해졌지.

"엄마 싫어! 다 싫어!"

고운이는 현관문을 쾅 닫고는 밖으로 나와버렸어. 속상해서 눈물이 핑 돌았지. 고운이가 보기에 엄마는 자기 얘기는 듣지도 않고 동생 편만 드는 것 같았어. 그렇게 동생 말만 들어줄 거면 자기는 왜 낳았는지 모르겠다는 생각도 했지.

밖으로 나왔지만 고운이는 마땅히 갈 곳이 없었어. 그래서 친구 하영이한테 카톡을 보냈어. 하영이도 어린 동생이 있어서 둘은 제법 말이 잘 통했거든.

하영아, 지금 나올 수 있어? 떡볶이 먹을래? 오후 5:12

나 지금 학원 가는 중. 저번에 빠져서 오늘 보강이야. 오후 5:12

할 수 없이 고운이는 혼자라도 먹으려고 분식집으로 향했어. 매운 떡볶이를 먹고 나면 기분이 좀 나아질 것 같았거든. 막 떡볶이 가게로 들어가려는데, 한 꼬마 아이가 가게 앞에 서성이며 서 있는 모습이 보였어. 손바닥 위의 동전을 세면서 한숨을 쉬고 있었지. 고운이는 잠깐 고민하다가 꼬마 아이를 보고 물었어. 그 아이를 보니 동생 솔이가 생각났거든.

"너, 왜 안 들어가?"

"돈이 모자라."

시무룩한 표정으로 두 손을 꼼지락거리는 모습이 귀여워 보였어.

"같이 먹을래?"

고운이가 묻자 꼬마 아이는 고개를 끄덕이더니 고운이를 따라 가게로 들어왔어. 고운이는 떡볶이와 김밥을 주문하고 아이와 마주 보고 앉았지. 하얀 티셔츠에 노란 멜빵 바지를 입은 아이는 바닥에 닿지 않는 두 다리를 가볍게 흔들거렸어. 오른 손목에는 노란 팔찌를 하고 있었는데, 작은 방울 두 개가 앵두처럼 달려 있었지. 잔뜩 기대에 찬 눈빛으로 앉아 있는 꼬마 아이를 보자 고운이는 같이 들어오자고 말하길 잘했다는 생각이 들었어. 아이는 배가 고팠는지, 음식이 나오자마자 허겁지겁 먹기 시작했어.

"체하겠다. 천천히 먹어."

고운이가 컵에 물을 따라주자, 아이가 무안한지 어색하게 웃었어.

"떡볶이 매운데 먹을 수 있어?"

고운이가 걱정하는 말투로 묻자, 아이는 이쯤은 문제없다는 듯 씩 웃어 보이더니 포크로 떡볶이를 두 개나 집어 한꺼번에 입안에 넣고 오물거렸어. 매운데도 잘 먹는 모습이 신기했지.

"누나는 배 안 고파?"

말도 안 하고 열심히 먹던 꼬마 아이가, 갑자기 미안했는지 떡볶이를 먹다 말고 물었어.

"응. 난 그냥 마음이 고파."

아이가 눈을 동그랗게 뜨고 고운이를 쳐다봤어. 그냥 한 말인데, 그 말을 이해한 건지 아니면 전혀 모르겠다는 건지 큰 눈을 깜박이며 빤히 보는 모습이 귀여워 고운이는 피식 웃음이 났지. 음식을 다 먹고 둘은 자리에서 일어났어.

“잘 가.”

고운이가 인사하자

“잠깐만.”

하더니 아이가 주머니에서 종이봉투 하나를 꺼내서 내밀었어.

“이거 선물.”

“선물?”

“응, 마음 고플 때 필요한 거.”

아이가 묘한 웃음을 지어 보였어. 고운이는 아이가 준 봉투를 열어봤어. 그 안에는 직사각형 모양의 빳빳한 하얀 종이가 들어 있었는데, 황금색으로 둘려진 테두리가 반짝거렸어. 오른쪽 귀퉁이에는 황금색 큰 별 하나가 조금 튀어나와 있었고 가운데는 ‘마음 영화관 초대장’이라는 글자가 새겨져 있었지.

‘마음 영화관? 처음 들어보는 곳인데.’

낯선 이름이 의아했지만, 고운이는 초대장을 조심스럽게 주머니에 넣었어. 그리고 고맙다고 말하려고 꼬마 아이를 돌아보았지.

그런데 아이가 보이지 않았어. 가는 기척도 느끼지 못했는데 어느 새 사라져 버린 거야.

'어? 이상하다. 언제 가버린 거지?'

고운이는 멀리까지 눈을 들어 찾아봤지만 아무도 볼 수가 없었어. 대신 작은 귀를 쫑긋 세운 하얀 고양이 한 마리가 어딘가로 사뿐사뿐 걸어가고 있었지.

고운이는 이제 무얼 할까 생각하다 가까운 놀이터에 가기로 했어. 바로 집으로 들어가기는 싫었거든. 놀이터 그네에 앉아서 혼자 시간을 보내고 싶었지. 그런데 이상했어. 놀이터는 떡볶이 가게랑 가까운 곳에 있는데, 오늘은 한참을 걸은 것 같은데도 보이지가 않는 거야. 자꾸 같은 곳을 되돌아 걷는 기분이었지. 그러다 어느 낯선 가게를 보았어. 처음 보는 가게였지. 겉모습은 도색이 벗겨져 낡고 오래되어 보였는데, 이상하게도 따뜻하고 포근한 느낌이 전해지는 곳이었어.

'어? 여긴 어제까지도 못 보던 가게인데?'

조심스럽게 다가가 보니, '마음 영화관'이라는 간판이 보였지.

'마음 영화관? 아까 그 꼬마애가 준 초대장에 쓰여 있었는데?'

고운이는 호기심이 생겨 가게 앞으로 가까이 다가갔어. 자세히 보니 가게 유리창에는 영화 포스터가 붙어 있었어. 한 여인이 행복한 얼굴로 품에 안은 아기를 보고 있는 모습이었어.

'누구지?'

그런데 자세히 보니 그 포스터 속의 여자는 바로 고운이의 엄마였어. 10여 년쯤 전의 모습 같았지만, 분명히 엄마라는 걸 한눈에 알 수 있었지.

'어? 우리 엄마가 왜 여기에 있는 거야? 엄마가 배우였나?'

고운이는 호기심에 가게 손잡이를 밀었어.

'딸랑딸랑.'

방울 소리와 함께 문이 열렸어. 조심스럽게 가게 안으로 들어서는데, 주인 허락도 받지 않고 들어가도 괜찮은 걸까 싶어서, 가슴이 제멋대로 쿵쿵거렸지.

가게 안은 밖에서 볼 때보다 조금 어두웠어. 이른 새벽, 밤을 밀어내고 해가 막 떠오를 때처럼 은은한 빛이 감돌았어. 약간 어두운 조명에 군데군데 켜져 있는 촛불은 따뜻하고 아늑한 분위기를 만들고 있었고. 가운데는 안락해 보이는 녹색 의자 하나가 놓여 있고, 뒤쪽에는 처음 보는 커다란 기계가 있었어. 그리고 벽에는 크고 작은 포스터가 붙어 있었는데 아빠와 엄마의 결혼식, 고운이의 유치원 졸업식, 가족 여행 등 고운이네 가족의 모습이 담겨 있었어.

'여기 도대체 뭐 하는 데야? 포스터에 왜 우리 가족이 있는 거지?'

놀란 고운이가 여기저기 두리번거리고 있는데, 안쪽에서 커튼이 걷히며 누군가가 나타났어. 키가 크고 날씬한 체형에 하얀색 정장을 깔끔하게 차려입은 할아버지였어. 머리카락은 완전한 은발이고, 끝이 말려 올라간 콧수염이 말끔하게 다듬어져 세련된 느낌이 났어. 새하얀 정장과 구두만으로도 할아버지는 눈에 잘 띄었는데, 얼굴에서 나는 빛 때문인지 오묘한 분위기가 풍겼지. 동그랗고 하얀 안경테 너머로 할아버지의 부드러운 눈길이 느껴졌어.

"잘 찾아왔구나."

할아버지가 고운이를 보고 말했어.

"누구…세요?"

"영화관 주인 포포란다."

할아버지는 눈을 가늘게 뜨며 따뜻한 미소를 지었어. 고운이는 할아버지가 웃는 모습을 보니 왠지 긴장이 풀리고 마음이 포근해졌어.

"초대장을 보여주겠니?"

"초대장이요?"

"마음 영화관에는 황금 초대장이 있어야 들어올 수 있단다."

고운이는 주머니에 넣었던 초대장이 생각나 얼른 꺼내 두 손으로 내밀었어. 포포 할아버지가 옅은 미소를 띠며 초대장을 받았지. 그러고는 초대장에 있던 황금별에 할아버지의 긴 손가락을 가만히 올려놓았어. 그러자 커다란 별이 반짝거리더니 황금가루를 뿌리며 하늘로 천천히 사라졌어. 포포 할아버지 손에 있던 초대장도 온데간데없어졌지.

놀란 눈으로 입을 벌린 채 가만히 서 있는 고운이를 보고 포포 할아버지는 별일 아니라는 듯한 얼굴로 미소 지었어.

"여기에 영화관이 있는 줄 몰랐어요."

고운이가 신비한 광경에 홀린 듯 말했어.

"그럴 게다. 마음 영화관은 필요한 곳에 생겨났다 사라지니까."

"사라진다고요?"

포포 할아버지 말에 고운이가 고개를 갸웃거렸어. 할아버지도 영화관도 이상하다는 생각이 들었거든.

"마음 영화관은 딱 한 번 올 수 있는 곳이란다. 오늘은 고운이 너를 위해 이 영화관 문이 열렸구나."

포포 할아버지가 고운이를 보며 말했어. 고운이는 할아버지가 자기 이름을 알고 있는 게 신기했어.

“저를 아세요?”

“그럼, 잘 알다마다. 네가 오늘 영화를 볼 유일한 관객이니까. 허허허.”

콧수염을 쓰다듬던 포포 할아버지가 너털웃음을 웃었어.

“유일한 관객?”

고운이는 무슨 말인지 몰라 앵무새처럼 할아버지 말을 따라 했어.

“마음 영화관에서는 누군가의 마음을 볼 수 있단다. 그 사람이 지내온 시간과 겪어온 과정을 통해 마음을 헤아려볼 수 있지. 오늘은 고운이 네 엄마의 마음을 보게 될 거란다.”

할아버지는 알 수 없는 말을 하고는 빙그레 웃었어. 그리고 손목에 찬 시계를 보더니 다정하게 물었지.

“고운아, 곧 영화가 시작될 텐데 보겠니?”

고운이는 잠시 망설이다가 고개를 끄덕였어. 마음 영화관에 오게 된 이유가 분명히 있을 거라는 생각이 들었거든. 무엇보다 ‘엄마의 마음’을 볼 수 있다니 꼭 보고 싶었지.

‘엄마 마음에는 내가 없지 않을까? 엄마가 나를 사랑하지 않는 건 아닐까?’

그런 생각에 한편으론 걱정되고 두렵기도 했지만, 그래서 더 엄마 마음이 궁금했어. 포포 할아버지는 고운이를 보며 손으로 가게의 한가운데를 가리켰어. 할아버지가 가리킨 곳에는 편안해 보이는 녹색 의자 하나가 놓여 있고, 의자 앞에는 커다란 스크린이 있었어. 영화관 화면보다는 작았지만, 천장부터 바닥까지 가게의 한 벽을 덮을 만큼의 크기였지.

고운이는 두근거리는 마음으로 의자에 앉았어. 엉덩이를 의자 안으로 깊숙이 묻으며 두 손을 포개 무릎 위에 가지런히 올렸지. 신기하게도 의자가 편안하게 자신을 감싸 안는 기분이 들었어.

포포 할아버지는 뒤쪽으로 걸어가더니 커다란 기계를 만지며 말했어.

"이건 영사기라는 거란다. 필름을 움직이게 해서 화면을 볼 수 있게 해주지."

고운이는 고개를 돌려 할아버지가 능숙한 솜씨로 기계 안에 필름을 넣는 걸 신기한 듯 바라보았어.

'칙 – 치익. 치지직.'

기계에서 낯선 소리가 들려오더니 주위가 조금씩 어두워졌어.

"이제 시작한다."

포포 할아버지의 말이 끝나자 스크린에 누군가의 모습이 나타났어. 바로 고운이가 알지 못했던 엄마와 아빠의 젊은 시절 모습이었어. 고개를 쭉 빼고 화면을 응시하며 고운이는 어느새 영화 속에 빠져들었어.

*

“여보, 나 아기를 가졌어. 드디어 우리에게도 아기가 생겼어.”

임신 테스트기를 확인한 엄마는 아빠에게 전화로 소식을 전했어.

“진짜야? 거짓말 아니지? 내가 아빠가 된다는 거지? 야호!”

아빠가 통화 중이라는 것도 잊은 채 큰 소리로 외쳤어. 회사 사람들이 듣고는 여기저기에서 축하해 주었어. 아빠는 머리를 긁적이며 연신 고맙다고 말했지. 그날 오후 아빠와 엄마는 함께 산부인과 병원에 갔어.

“축하드립니다. 임신 8주네요.”

의사 선생님이 초조하게 앉아 있는 엄마와 아빠를 보며 웃었어. 아기를 간절히 바라고 있었던 엄마와 아빠는 서로를 마주 보았지. 엄마가 감격스러운 얼굴로 아빠를 돌아보며 말했어.

“여보, 우리가 정말 엄마 아빠가 되려나 봐.”

엄마의 목소리가 가늘게 떨렸어. 고개를 끄덕이며 행복한 미소를 짓던 아빠가 엄마 어깨를 토닥여 주었지.

'저 아기가 누굴까? 혹시 나일까?'

고운이는 영화 속 아기가 누구인지 무척 궁금했어.

다음 장면에선 엄마가 이불 속에 누워 있었어. 그러더니 갑자기 일어나 화장실에 가서 토하기 시작했어. 하루에도 몇 번이나 토하는 일이 있었지. 엄마는 아무것도 먹지 못하고 음식 냄새만 맡아도 입을 틀어막고 화장실로 달려갔어.

"아무것도 못 먹어서 어떻게 해?"

아빠가 걱정스러운 얼굴로 말했어.

"괜찮아. 의사 선생님이 그러는데 이렇게 입덧이 심하면 아기가 잘 있다는 거래. 우리 아기만 괜찮으면 임신 내내 입덧해도 견딜 수 있는걸."

엄마는 힘들게 말하면서도 표정을 밝게 하려고 애썼어. 그러더니 아빠를 돌아보며 물었어.

"여보, 우리 아기 태명을 기쁨이라고 하면 어때?"

"기쁨이?"

"응, 기쁨을 주는 사랑스러운 아이니까 기쁨이라고 하고 싶어."

엄마는 조심스러운 동작으로 동그랗게 원을 그리며 배 위를 어루만졌어. 그리고 속삭이듯 말했지.

"기쁨아, 사랑해. 엄마한테 와줘서 정말 고마워."

'어? 내 태명이 기쁨이었다고 엄마가 예전에 말했는데. 진짜 엄마 배 안에 있는 아기가 내가 맞나봐.'

고운이는 왠지 기분이 이상했어. 마치 엄마 뱃속에서 엄마 말을 듣고 있는 것처럼 간지럽고 몽글거리는 느낌이 들었는데, 그 느낌이 싫지 않았지.

"여보, 요즘 무리하는 거 아니야? 몸도 무거울 텐데 쉬어야 하지 않아?"

아빠가 걱정하는 얼굴로 엄마를 보았어.

"내가 일 년 넘게 기획한 전시야. 여기서 그만두면 안 돼. 며칠만 더 하면 되니까 괜찮을 거야."

엄마는 아빠에게 말하고는 다시 컴퓨터로 눈을 돌렸어. 하지만 엄마는 전시 준비를 하면서 점차 힘들어했어. 단축 근무나 휴가를 쓰려고 했지만, 사람이 많지 않은 회사여서 그럴 수도 없었지. 그러다 엄마는 결국 쓰러지고 말았어.

"더 무리하면 아기가 위험할 수 있습니다. 무조건 쉬셔야 합니다."

의사 선생님의 말씀에 엄마는 병원에 입원해 며칠 치료를 받고 퇴원했어. 그리고 퇴원하는 날, 회사를 그만두었지.

엄마가 준비했던 전시는 결국 다른 사람이 맡게 되었어. 회사를 나오는 엄마의 표정이 어두웠어. 터벅터벅 걷는 걸음이 자꾸만 느려졌지. 엄마는 걷다가 회사를 힐끔 돌아보고, 또 걷다 돌아보곤 했어. 그날 밤, 엄마가 소리 없이 울었어. 그리고 한참 뒤 눈물을 훔치고는 나지막하게 말했어.

"기쁨아, 미안해. 엄마에게 제일 소중한 건 우리 아가인데 엄마가 욕심을 부렸나 봐. 엄마 이제 울지 않을 거야. 그동안 힘들었지? 미안해."

엄마가 화장실에서 나오자 아빠가 엄마 등을 토닥여 주었어.

"어렵게 갖게 된 일인데 그만둬서 어떡해? 자기가 정말 좋아했던 일이잖아."

"괜찮아. 나한테는 우리 기쁨이가 세상에서 제일 소중한걸."

엄마가 빨개진 눈을 한 채로 배를 보며 말했어.

'엄마가 나 때문에 좋아하는 일도 그만둔 거야?'

고운이는 영화를 보며 처음으로 알게 됐어. 그런 줄도 모르고, 엄마는 왜 다른 엄마처럼 직장도 없냐고 물었던 적이 있었거든. 그때 엄마는 "나중에 하지 뭐…." 하고 말했는데, 고운이는 철없이 물었던 그 때가 생각나 엄마에게 미안한 마음이 들었어.

'쿵쿵. 쿵쿵.'

"들리시죠? 아기 심장 소리가 힘차네요."

의사 선생님이 말하자 엄마와 아빠가 함박웃음을 지었어.

"여보, 너무 신기해. 그런데 기쁨이 심장 소리를 듣는데 왜 자꾸 눈물이 나지? 너무 좋아서 그런가."

엄마 눈에 눈물이 맺혔어. 엄마는 초음파 화면을 뚫어져라 보면서 말했어.

"여보, 우리 기쁨이 손가락이랑 발가락 봐봐. 꼬물꼬물 너무 예쁘지? 눈이랑 코도 예쁘고."

엄마는 그렇게 화면을 한참이나 바라보았어. 아빠가 엄마 손을 가만히 잡아주었지.

'내 눈에는 이상하게만 보이는데….'

고운이는 눈도 코도 알아보기 어려운 초음파 사진이 낯설었어. 색도 없고 얼룩덜룩 음영만 보이는 사진에서 엄마는 어떻게 눈이랑 코랑 손가락 발가락을 다 알아볼 수 있는지, 그저 신기하기만 했지.

"아프면 감기약 먹어도 괜찮대. 임산부가 먹을 수 있는 약도 있다고 했으니까 얼른 병원부터 가보자."

아빠가 계속 기침을 하는 엄마에게 말했어.

"아니야, 안 먹을 거야. 약이 태아한테 안 좋다잖아."

엄마는 목소리도 나오지 않고, 콧물 때문에 힘들어 보이는데도 약을 먹지 않고 아픔을 견디고 있었어.

'아픈데도 나 때문에 약을 먹지 않은 거야?'

고운이는 아픈데도 자기 때문에 약을 먹지 않고 버티는 엄마가 대단해 보였어. 그리고 엄마의 그 마음이 고마웠어.

"여보, 우리 기쁨이가 나올 것 같아."

엄마가 가쁜 숨을 내쉬며 말했어. 아빠와 엄마는 새벽에 병원에 갔어. 엄마는 병원에서도 진통을 오래 했어. 허리가 아프다며 서서 걷지 못하고 기어 다니기도 했지. 그렇게 아픈 채로 꼬박 하루가 지났어. 엄마는 거친 숨을 몰아쉬고 식은땀을 계속 흘렸어. 그러다 갑자기 아기 심장박동수가 떨어지고 있다는 간호사의 말을 들은 엄마가 소리쳤어.

"전 괜찮으니까 제발 우리 아기라도 살려주세요. 네? 제발요."

엄마는 몇 번이나 같은 말을 반복했어. 금방이라도 울음을 터뜨릴 것 같았지. 간절한 엄마의 목소리를 들었는지, 얼마 있다가 다행히 아기의 심장박동수는 정상으로 돌아왔어. 하지만 엄마의 고통은 계속되었지. 그렇게 얼마나 지났을까, 드디어 아기 울음소리가 들렸어. 의사 선생님이 아기를 안겨주자 엄마는 아기를 가슴에 안고 말했어.

"오, 아가. 오, 기쁨아. 나오느라 고생했어. 사랑해."

엄마는 눈물과 땀으로 범벅이 된 얼굴을 한 채 아기를 보며 중얼거렸어. 엄마 볼을 따라 눈물 한 방울이 주르륵 흘러내렸어.

'엄마, 나 때문에 많이 아팠어? 엄마, 보고 싶어.'

고운이는 눈물과 땀으로 범벅이 된 엄마 얼굴을 보면서 코끝이 찡해졌어. 그리고 엄마 눈에 흐르는 눈물을 닦아주고 싶었어.

"여보, 우리 아기한테 고운 삶을 살아가라고 고운이라고 지으면 어때? 난 힘들고 어렵게 살았지만, 우리 딸은 예쁘고 곱게 자라면 좋겠어."

엄마가 아기의 눈을 보고 말했어.

"고운아, 엄마 딸로 와줘서 고마워. 네가 있어서 엄마는 세상에서 부러울 게 하나도 없어. 엄마가 많이 사랑해. 엄마가 부족하더라도 더 노력할게."

엄마는 세상을 다 가진 듯 행복한 얼굴로 아기를 안고 있었어. 유리창 포스터에 붙어 있던 바로 그 장면이었지.

'고운이? 정말 나였네. 엄마, 고마워. 엄마, 나도 사랑해.'

고운이도 화면 속 엄마를 보며 속삭였어.

영화가 끝나자 주변이 밝아졌어.

"고운아, 잘 봤니?"

포포 할아버지가 옆으로 다가오더니 물었어. 고운이는 고개를 끄덕였어. 눈에 눈물이 살짝 맺혀 있었지.

"엄마가 날 사랑하지 않는다고 생각했어요."

고운이 목소리가 가늘게 떨렸어. 포포 할아버지는 미소 띤 얼굴로 가만히 고운이를 바라보았지. 할아버지의 깊고 다정한 눈빛이 오후 햇살처럼 포근하게 느껴졌어.

"고운아, 아기에 대한 사랑과 헌신이 있어야 엄마가 될 수 있는 거란다. 신은 사람을 보살펴주는 천사를 세상 모든 곳에 보낼 수 없어서 엄마를 보냈거든. 네가 엄마의 마음에서 본 것처럼 엄마는 너를 뱃속에 가졌을 때부터, 아니 어쩌면 그 이전부터 널 사랑하고 있었단다."

포포 할아버지가 말했어. 그 목소리가 참 따뜻했지.

"오늘도 엄마한테 소리 지르고 화내고 나왔는데…. 엄마가 지금은 날 미워하겠죠?"

고운이는 오늘 일이 걱정됐어. 엄마한테 따지듯 소리치고 말없이 나와버렸으니까. 포포 할아버지가 빙그레 웃으며 물었어.

"고운이는 엄마가 밉니?"

"아니요, 안 미워요. 엄마한테 화내서 미안한걸요."

"엄마도 같은 마음일 게다. 네가 본 것처럼 항상 널 사랑하고 있었으니까."

고운이는 할아버지 말을 가만히 듣고 있었어.

"사람들은 누구나 마음에 없는 말을 꺼내고는 뒤늦게 후회하곤 한단다. 진심은 그렇지 않으면서 잠깐의 감정에 휩싸여 상대방에게 상처 주는 말을 하곤 하지. 아마 엄마도 그랬을 거야."

"저도 그랬어요. 동생이 없어져 버렸으면 좋겠다고 했는데, 진심은 아니었거든요."

포포 할아버지는 다 알고 있다는 듯 옅은 미소를 지어 보였어.

"고운아, 영화 속에서 엄마가 했던 말 기억나니? 엄마 딸로 와줘서 고맙다고 했던 말. 그게 엄마의 진짜 마음이란다."

'진짜 마음?'

고운이는 할아버지가 한 말을 속으로 되뇌어 봤어. 영화에서 엄마가 고운이에게 했던 다정한 말들이 마음속에 차곡차곡 포개어지는 것 같아 따뜻했지.

"야옹, 니야옹."

그때 어디선가 고양이 소리가 들렸어. 소리 나는 쪽을 돌아보니 작은 공처럼 웅크리고 잠을 자던 고양이가 앞발을 쭉 펴더니 몸을 세우고 있었지.

"코코, 이리 온."

포포 할아버지가 부르자 고양이가 사뿐사뿐 우아한 걸음걸이로 할아버지에게로 왔어. 하얀 털에 작은 귀, 노란 눈을 가진 예쁜 고양이였지. 목에는 노란 방울이 달려 있었고. 고양이 코코가 가늘고 긴 눈동자를 반짝이며 고운이를 빤히 보았어. 그러고는 두 눈을 천천히 깜빡거렸지. 코코를 보자 고운이는 왜인지 모르게 떡볶이 가게에서 만났던 꼬마 아이가 생각났어. 손목에 노란 팔찌를 하고 묘하게 웃던 아이 말이야.

"코코, 오늘 영화표가 어디에 있더라?"

포포 할아버지가 말하자 코코가 테이블 위로 폴짝 뛰어오르더니 입에 종이 하나를 물고 왔어. 그리고 할아버지 앞에 내밀었지.

"고맙구나. 코코."

할아버지가 코코의 머리털을 부드럽게 쓰다듬었어. 코코는 고운이 옆으로 사뿐사뿐 걸어오더니 낮게 가르랑거렸어. 고운이도 할아버지처럼 코코의 털을 부드럽게 쓰다듬어 주었지. 코코는 기분이 좋은지 앞발을 쭉 뻗더니 길게 엎드렸어.

"자, 이거 받으렴. 오늘 본 영화표란다."

포포 할아버지는 코코가 물고 온 종이를 고운이에게 내밀었어. 고운이가 보니 그 표의 앞면에는 아기였던 고운이를 안고 행복하게 웃고 있는 엄마 모습이 담겨 있었어. 뒷면에는 '마음 영화관'이라는 글자와 오늘 날짜가 쓰여 있었고.

고운이는 엄마 모습을 보자 엄마가 더 보고 싶었어. 지금쯤 나를 찾고 있지 않을까 하는 걱정도 되었지.

"이제 가보겠니?"

그런 고운이 마음을 읽었는지 포포 할아버지가 웃으며 말했어.

"네. 엄마가 얼른 보고 싶어요."

그 말에 포포 할아버지가 고운이의 어깨를 토닥였어.

"고운아, 사람은 망각의 동물이라 애틋하고 소중한 기억을 잃어버리기도 한단다. 하지만 사랑하는 마음은 여전하다는 걸 꼭 기억하렴."

할아버지의 말에 고운이는 고개를 끄덕였어. 그리고 인사를 하고 밖으로 나왔지.

그 사이 시간이 얼마나 지났는지, 주위가 조금 어두워져 있었어. 포포 할아버지가 밖으로 나와 손을 흔들어주었어. 코코도 따라 나와 꼬리를 살랑거리는 모습이 마치 잘 가라고 인사하는 것 같았지. 고운이는 코코의 머리를 한 번 더 부드럽게 쓰다듬어 주고는 포포 할아버지와 코코를 향해 손을 흔들었어.

아파트 놀이터에 들어서는데, 멀리 어렴풋이 엄마와 동생이 보였어. 어찌나 반가운지 왈칵 눈물이 나올 뻔했지.

"엄마!"

고운이는 한달음에 엄마에게 뛰어갔어.

"고운아!"

엄마가 고운이를 보고 울먹이며 말했어.

"얼마나 걱정했는지 알아? 통화도 안 되고, 너 무슨 일 생긴 줄 알고 얼마나 무서웠는지 아느냐고?"

"엄마, 미안해."

고운이 눈에 눈물이 그렁그렁 맺혔어.

"아니야, 엄마가 더 미안해. 엄마가 우리 딸 마음도 몰라주고."

엄마는 고운이를 꼭 안아줬어.

"고운아, 엄마는 너를…."

"아주 많이 사랑하는 거 알아. 얼마나 힘들게 낳았는지도 알고."

"뭐?"

엄마가 깜짝 놀란 얼굴을 했어. 고운이는 모른 척 웃으며 동생 솔이를 보고 말했지.

"솔이야, 누나가 아까 소리 질러서 미안해. 엄마가 누나 많이 사랑해 주는 것처럼 누나도 솔이 많이 아껴줄게."

엄마가 고운이를 보며 빙그레 미소 지었어. 고운이는 가운데서 엄마와 솔이 손을 꼭 잡았지. 참 따뜻하고 부드러웠어.

그날 저녁, 고운이는 오래된 사진첩을 꺼내 보았어. 초음파 사진부터 돌 사진, 어린이집과 유치원 사진까지, 고운이가 커가는 모습을 엄마가 앨범으로 만들어 놓았거든. 어렸을 때는 엄마랑 가끔 봤었는데 언젠가부터는 꺼내 보지 않아 앨범에 먼지가 쌓여 있었지. 고운이는 먼지를 털어내고 한 장 한 장 사진을 넘겨보았어. 그러다 알게 되었어. 중요한 순간마다 고운이 옆에는 항상 엄마가 있었다는 것을.

고운이는 사진을 보다가 잠이 들었어.

"아직 안 자나. 불이 켜 있네."

안방에서 솔이를 재우고 나온 엄마가 방문을 조용히 열자 침대에서 자고 있는 고운이가 보였지. 가까이 다가가 보니 침대 위에는 앨범이 펼쳐져 있었어. 엄마는 앨범을 넘겨 사진들을 보더니 빙그레 미소 지었어.

"어머, 고운이가 처음 어린이집 갔던 때네. 이건 유치원에서 발표했던 때고. 우리 고운이는 야무지게 발표도 잘했는데."

엄마는 흐뭇한 표정으로 앨범을 넘겨보더니 잠시 말이 없었어. 솔이가 태어난 이후로 고운이 사진이 별로 없다는 걸 알게 되었거든. 엄마는 고운이에게 미안했어. 항상 사랑하는 마음은 있었지만 제대로 표현하지 못했다는 걸 깨닫게 되었으니까. 엄마는 손으로 고운이 얼굴을 부드럽게 쓰다듬었어. 그리고 속삭였어.

"고운아, 엄마가 너무너무 사랑해. 그리고 미안해. 엄마가 우리 딸 많이 사랑하는데, 속상하게 할 때가 더 많았지? 예전에는 엄마에게 와준 것만으로도 감사했었는데…. 고운아, 더 좋은 엄마가 되도록 노력할게. 사랑해, 우리 딸."

엄마는 고운이 볼에 살짝 입을 맞췄어. 그러고는 불을 끄고 소리

나지 않게 살짝 방문을 닫고 나갔어. 엄마가 나가자 고운이 볼 위로 눈물이 흘렀어.

"고운아, 학교 가야지. 얼른 일어나."

엄마가 고운이를 깨웠어. 고운이는 세수를 하고 식탁에 앉았어. 그런데 솔이가 자기 계란말이를 다 먹고 고운이 접시에 있는 계란말이를 먹으려는 거야.

"야, 이거 내 거잖아."

고운이가 접시를 자기 쪽으로 끌어당기자, 솔이는 또 '으앙' 하고 울음을 터뜨렸어.

"무슨 일이야?"

엄마가 유치원 가방을 챙기다 말고 솔이와 고운이를 번갈아 보며 물었어.

"누나가 계란말이 못 먹게 해."

"아니, 이건 내…."

고운이가 말하려는데 엄마가 솔이를 혼냈어.

"윤 솔, 네 거는 다 먹었잖아. 이건 누나 거야. 얼른 누나한테 미안하다고 해."

솔이가 놀란 얼굴을 하고 엄마를 보았어. 평소랑 달랐으니까. 그리고 금방이라도 울 것처럼 얼굴을 찌푸렸지.

"너도 여섯 살이니까 이제 옳고 그른 것은 알 나이가 됐어. 그렇지?"

엄마 말에 솔이가 입술을 비죽 내밀었어. 얼굴이 빨개져서는 눈에 눈물이 가득했지. 금방이라도 닭똥 같은 눈물이 떨어질 것 같았어. 고운이가 얼른 솔이에게 다가가 손을 잡고 부드럽게 물었어.

"솔이야, 계란말이 먹고 싶어? 다음부터 누나 거 먹고 싶으면 누나한테 먼저 물어볼 거지?"

솔이가 아랫입술을 내민 채로 고개를 끄덕였어. 툭 튀어나온 입술로 말없이 고개를 끄덕이는 모습이 귀여워, 고운이는 살짝 미소 지었어. 그러고는 계란말이 하나를 솔이 밥 위에 올려주었어. 금세 기분이 좋아진 솔이가 손등으로 눈물을 쓱 훔쳤어.

"맛있어?"

고운이가 소리 없이 입 모양으로 물으니 솔이가 고개를 끄덕였어. 고운이는 계란말이 하나를 더 집어서 솔이 그릇에 올려주었어. 솔이가 입을 크게 벌리고 헤벌쭉 웃으며 말했어.

"누나, 최고!"

엄마가 고운이 어깨를 다정하게 토닥이며 솔이에게 말했어.

"그것 봐, 누나밖에 없지? 다음엔 솔이가 누나한테 나누어 주는 거야, 알았지?"

“응, 다음엔 내가 누나한테 줄 거야. 누나 좋아.”

학교 수업을 마치고 고운이는 하영이와 떡볶이를 먹으러 갔어. 가는 길에 ‘마음 영화관’을 찾아보았지. 그런데 보이지가 않았어. 가게가 있던 곳에는 ‘임대’라는 두 글자만 붙어 있었지.

“무슨 일이야?”

고운이가 주변을 두리번거리자 하영이가 물었어.

“아니야, 아무것도.”

고운이가 웃었어. 필요한 곳에 생겨났다 사라지는 영화관이라고 했던 포포 할아버지 말이 생각났거든. 고운이는 주머니 속 영화표를 조심스럽게 만져봤어.

“사람은 망각의 동물이라, 좋았던 마음도 희미해지고 점차 잊어버리게 된단다.”

포포 할아버지 말씀이 떠올랐지.

‘엄마도 나를 가졌던 애틋했던 순간들을 잊어버리고 가끔 내게 속상한 말을 할 때도 있겠지? 나도 어제의 기억을 언젠가는 잊어버릴 수도 있을 테고. 하지만 괜찮아. 그래도 사랑하는 마음은 여전하다는 걸 난 이미 알고 있으니까.’

고운이가 슬며시 미소 지었어.

“야, 너 아까부터 무슨 생각 해?”

하영이가 가만히 서 있는 고운이를 이상하다는 듯 보며 물었어.

"떡볶이 생각."

고운이가 활짝 웃으며 하영이 팔짱을 꼈어.

"그래, 오늘은 내가 쏜다."

하영이가 큰 소리로 말했어. 둘은 뭐가 즐거운지 까르르 웃으며 뛰어갔지.

'임대'라고 쓰여 있던 가게에서 은빛 머리칼을 가진 포포 할아버지와 하얀 고양이 코코가 나왔어.

"잘된 것 같구나. 그렇지?"

포포 할아버지가 뛰어가는 아이들을 흐뭇하게 바라보며 코코에게 물었어.

"니야옹."

코코가 그렇다는 듯 행복한 울음소리를 냈어. 그리고 포포 할아버지에게 작고 귀여운 얼굴을 비볐지. 기분이 좋은지, 하얀 꼬리를 살랑살랑 부드럽게 흔들면서 말이야.

마음영화관
HEART CINEMA

오늘의 상영작

은지가 우는 모습을 보니까 하영이는 왠지 이상한 기분이 들었어.
얄밉고 미웠는데, 친구 하나 없이 혼자 울고 있는 은지를 보니
마음이 좋지 않았거든. 하영이는 알 것 같았어.
은지는 배가 아프다고 했지만, 실은 마음이 더 아픈 거라는걸.
오늘 하영이도 그랬으니까.

2

우리 셋, 친구가 될 수 있을까?

_ 하영

하영이와 고운이는 단짝 친구야. 둘은 1학년과 2학년 때를 제외하고는 3년 내내 같은 반이 되었어. 말도 잘 통하고 사는 집도 가까워서 학교에 갈 때나 집에 올 때 늘 함께 다녀.

그렇다고 둘의 성격이 비슷한 건 아니야. 하영이는 조용한 성격에 말이 별로 없고, 부끄러움을 많이 타서 낯선 친구에게 먼저 다가가는 걸 어려워해. 반면 고운이는 활발하고 유쾌하지. 사교성이 좋아서 처음 보는 친구에게 먼저 말도 잘 걸고, 누구와도 스스럼없이 친해지는 편이거든. 둘이 친해지게 된 것도 고운이가 하영이에게 먼저 다가가서였어. 하영이는 3학년 때 아는 친구도 없고 낯선 애들한테 말 거는 게 어려워 혼자였거든. 그런데 그때 고운이가 먼저 반갑게 인사해 주고 친구들과 놀 때마다 같이 놀자며 하영이를 불러주었어. 하영이는 그런 고운이 덕분에 학교가 재미있었지. 티는 내지 않았지만 사실 외롭고 심심했거든. 그 이후로 둘은 내내 같은 반이 되면서 더 가까워졌어. 좋아하는 남자애 얘기, 가족 얘기, 서로의 비밀 얘기까지 나누면서 둘도 없는 단짝이 된 거야.

그런데 언제부터인가 하영이는 걱정이 되기 시작했어. '인기도 많고 활발한 고운이가 다른 친구를 더 좋아하면 어쩌지?' '고운이가 없으면 나는 또 혼자가 되지 않을까?' 하는 생각이 들었거든. 그래도 하영이는 그런 마음을 고운이에게 말할 수가 없었어. 누구라도 그런 말을 들으면 불편하고 부담스러울 테니까.

오늘 아침에도 하영이와 고운이는 5학년 5반 교실에서 수다를 떨고 있었어.

"혼자 앉는 거 안 심심해?"

하영이가 고운이 옆 빈 의자에 앉으며 물었어. 며칠 전에 고운이 짝이었던 정우가 전학 갔거든.

"심심하기는. 정우가 어찌나 말 많고 참견을 하던지. 걔 전학 가고 혼자 앉으니까 뭐라고 하는 사람도 없고, 스트레스도 안 받고 훨씬 좋아. 이렇게 너 오면 옆에 앉아 수다도 떨 수 있고."

고운이가 하영이를 보고 웃으며 말했어.

"참, 넌 새로운 짝 어때?"

이번에는 고운이가 궁금하다는 듯 물었어.

"재석이?"

"응, 난 아직 교실에서 걔 목소리를 들어본 적이 없다니까. 애들 말로는 하도 말을 안 해서 짝이 되면 답답하다고 그러던데."

고운이가 재석이를 곁눈질로 살짝 보더니 목소리를 낮춰 말했어.

"괜찮아, 그렇게 답답하지 않아."

"그래? 하긴 남자애들 말 많고 시끄러운 것보다 나을 수도 있겠다. 참, 나 B-Boy 앨범 샀다. 보여줄까?"

고운이가 들뜬 목소리로 물었어. B-Boy는 고운이가 제일 좋아하는 아이돌 그룹이야.

"으응."

하영이가 살짝 미소 짓고는 얼버무리면서 대답했어. 사실 하영이는 연예인에 대해서 잘 모르거든. 텔레비전도 잘 보지 않는 데다 아이돌에도 별로 관심이 없어. 고운이가 좋아하니까 가끔 몰라도 아는 척, 좋아하지 않아도 좋아하는 척하는 거야. 그래야 고운이와 더 가까워질 수 있다고 생각하니까.

고운이가 앨범을 꺼내 하영이 앞에 내밀었어.

"우와. 멋있다."

이름을 잘 알지는 못했지만 잘생긴 외모에 화려한 의상을 입고 있는 가수들은 한눈에 보기에도 멋있어 보였어. 하영이가 감탄하듯 말했어.

"그렇지? 노래는 더 좋다."

고운이가 발그레한 얼굴로 말했어. 어느새 고운이는 푹 빠져 앨범을 보고 있었어. 뭔가 할 말이 생각난 하영이가 고운이 팔을 톡 건드렸지. 고운이는 눈썹을 위로 올리며 궁금한 표정으로 하영이를 돌아봤어. 그런데 바로 그때 선생님이 들어왔어.

"나중에 말할게."

하영이가 작게 속삭이고는 얼른 자기 자리로 돌아갔어.

사실 하영이는 고운이한테 우정 팔찌를 같이 하자고 말하려던 참이었어. 색실을 몇 가닥씩 꼬아서 만드는 팔찌인데 얼마 전 유명 유튜버가 방송에서 소개한 후로 전국에서 꽤 유행하고 있거든. 특히 친한 친구끼리 같이 하면 영원히 우정이 변치 않는다는 말이 있어서, 단짝 친구들은 누구나 우정 팔찌를 하고 다녔지. '영원히 변치 않는 우정'이라는 말이 정말로 이루어질지는 알 수 없지만, 그래도 하영이는 고운이와 우정 팔찌를 하고 싶었어. 우정 팔찌를 하고 있으면 '다시 혼자 되면 어쩌지?' 하는 불안한 마음이 누그러질 것 같았거든.

교실로 들어온 선생님이 교탁 앞에 서자 아이들은 선생님을 쳐다봤어. 그런데 선생님 뒤에 한 아이가 서 있는 거야.

"우리 반에 오늘 새 친구가 왔단다. 자기소개 할래?"

선생님이 말하자 그 아이가 반 발짝쯤 앞으로 나와 밝은 얼굴로 인사했어.

"안녕, 난 박은지야. 만나서 반가워."

은지는 한눈에 보기에도 예뻤어. 찰랑거리는 생머리에 깔끔한 옷매무새, 당당한 말투까지 애들의 시선을 끌기에 충분했지. 선생님은 자리를 쭉 훑어보더니 은지에게 고운이 옆에 앉으라고 했어. 은지가 다가가자 고운이가 밝게 인사했어.

"나는 윤고운이야."

"반가워."

옆에 앉은 은지가 가방을 정리하는데 보니, 필통에 B-Boy 스티커가 잔뜩 붙어 있었어. 고운이가 놀라며 물었어.

"어? 너도 B-Boy 좋아해?"

"응."

"나도 완전 팬인데."

"진짜? 난 그중에서도 최애가 민혁이야."

"나도."

고운이가 선생님 몰래 앨범을 꺼내자 은지가 작게 환호성을 질렀어. 둘은 선생님 눈을 피해 온종일 소곤소곤 떠들었지. 하영이는 뭐가 그렇게 재미있는지 까르르 웃으면서 작은 소리로 떠드는 고운이와 은지가 자꾸 거슬렸어.

"고운아, 은지 어때?"

집으로 가는 길에 하영이는 고운이에게 슬쩍 물었어. 고운이가 은지에 대해 어떻게 생각하는지 궁금했거든.

"은지? 나랑 비슷한 게 진짜 많아. 걔도 B-BOY 팬이라는 거 있지? 필통에 B-BOY 스티커가 잔뜩 붙어 있어서 물어봤더니, 콘서트까지 갔다 왔다고 하더라고. 그리고 최애도 나처럼 민혁 오빠래. 사는 곳도 우리 집 근처고. 진짜 신기하지?"

기다렸다는 듯이 들떠서 말하는 고운이 모습에 하영이는 아랫입술을 살짝 깨물었어. 뾰로통한 얼굴이 되었다가, 고운이가 눈치챌까 싶어 애써 아무렇지 않은 표정을 지었지.

"주말에 은지가 집에 놀러 오랬어. 민혁 오빠 화보 보여준다고."

"진짜? 너 민혁 오빠 새 화보 보고 싶다고 했었잖아. 잘됐네."

하영이는 억지로 웃어 보이며 말했어. 하지만 자꾸 표정이 굳어지는 건 어쩔 수 없었지.

토요일, 하영이는 고운이가 진짜 은지네 집에 갔는지 궁금했어. 그래서 고민하다 고운이네 집에 전화를 걸었어.

"하영이구나? 고운이는 은지라는 친구네 놀러 간다고 나갔는데?"

이미 알고 있었지만, 고운이 엄마 말을 듣자 하영이는 못내 서운한 마음이 들었어. 갑자기 전학 온 은지도 밉고, 은지네 놀러 간 고운이도 밉고, 은지에게 고운이 옆에 앉으라고 한 선생님도 다 미웠지. 하영이는 종일 은지와 고운이가 함께 어울린다고 생각하니 자꾸 마음이 불편했어.

월요일 아침, 하영이가 교실에 가보니 고운이와 은지가 다정하게 이야기하고 있었어. 며칠 안 됐는데, 둘은 무척 친해 보였지. 그리고 자세히 보니 둘의 손목에 달랑거리는 무언가가 보이는 거야. 우정 팔찌였어. 하영이가 고운이와 그렇게 하고 싶어 했던 그 팔찌 말이야. 하영이는 실망스러운 표정을 감출 수가 없었어. 하영이 마음에서 무언가 쿵 하고 떨어지는 것 같았지.

"하영아, 왔어?"

고운이가 하영이를 보고는 반갑게 알은체했어.

"어."

하영이는 짧게 대답하고는 자리로 가버렸어. 고운이는 무언가 더 말하려다 그만두었지. 하영이는 어색한 표정을 고운이한테 들키고 싶지 않아서 일부러 책상 위에 책을 펴두었어. 글자가 하나도 눈에 들어오지 않았지만 말이야. 하영이는 고운이에게 팔찌에 관해 물어보고 싶었지만 그러지 못했어. 먼저 묻는 게 자존심도 상하는 것 같고, 용기도 나지 않았거든.

"하영아, 같이 가자. 나 너한테 줄 거 있어."

수업이 끝나자 고운이가 가까이 오더니 말했어.

"미안, 나 오늘 엄마 만나기로 해서."

하영이 입에서 거짓말이 튀어나왔어. 고운이가 알았다며 먼저 가버렸지. 하영이는 텅 빈 운동장 그네에 앉았어. 고운이와 은지 손목에 걸려 있던 우정 팔찌가 자꾸 생각나, 화가 나고 속상했지.

'그냥 솔직하게 고운이한테 물어볼까? 아님, 나도 같이 우정 팔찌 하자고 할까? 안 된다고 하면?'

하영이는 땅이 꺼져라 한숨을 쉬었어. 세상에 혼자 남겨진 것 같았지.

"니야옹. 야오-옹."

그때 가까이에서 고양이 우는 소리가 들렸어. 고개를 돌려보니 빈 그네 옆에 하얀 고양이 한 마리가 있었어. 고양이는 혓바닥으로 앞발을 한두 번 핥고는 동그랗게 웅크려 앉았는데, 지쳤는지 기운이 없어 보였어. 하영이가 고양이 앞에 쪼그리고 앉았어.

"배가 고픈 거야?"

하얀 고양이가 작은 두 귀를 쫑긋 세우더니 하영이 말에 작게 가르랑거렸어.

"아, 맞다. 우유 먹을래?"

하영이는 고운이와 은지를 신경 쓰느라 먹지도 않고 가방에 넣어두었던 우유가 생각났어. 그래서 근처에서 오목한 그릇을 주워 와 우유를 부어 고양이 앞에 내밀었어. 고양이는 분홍빛 작은 혀를 내밀어 날름거리며 우유를 핥았어. 기다란 수염에 우유를 묻힌 채 할짝거리는 모습이 귀여워, 하영이는 고양이 머리를 조심조심 쓰다듬었지. 그러자 고양이는 고개를 들고 노란 눈동자를 빛내며 하영이를 지그시 쳐다보았어. 마치 무슨 얘기를 해도 다 들어줄 수 있다는 듯 말이야. 하영이는 그런 고양이의 눈을 보자 이상하게 속에 있는 말을 하고 싶었어.

"난 사실 혼자 될까 봐 걱정이야. 친한 친구가 있는데 걔한테 새 친구가 생긴 거 같거든. 난 누구한테 먼저 다가가는 것도 못 하는데, 어쩌지?"

"니야옹."

하영이가 말하자 대답이라도 하듯 하얀 고양이가 낮게 울었어. 그러고는 수염과 입 주변에 묻은 우유를 닦아 내려는지 앞발로 조그만 얼굴을 비볐지. 고개를 흔들자 목에 달린 노란 방울이 맑은 소리를 내며 달랑거렸어.

"귀여운 방울이네. 선물받은 거야?"

하영이는 딸랑거리는 고양이 방울을 보다가 문득 좋은 생각이 났는지 눈을 반짝였어.

"맞다. 고운이랑 은지한테 선물을 사주면 어떨까? 둘 다 B-BOY 민혁 팬이라고 했거든. 그럼 고운이도 은지도 나를 좋아하겠지?"

하영이가 한결 밝아진 목소리로 말하자 하얀 고양이가 꼬리를 부드럽게 살랑거렸어.

"너도 괜찮은 생각이라는 거지?"

하영이는 웃으며 고양이 머리를 부드럽게 쓰다듬고는 학교 앞에 있는 선물 가게로 뛰어갔어.

"어서 오세요."

자주 가던 가게인데 하영이가 문을 열고 들어가자 처음 보는 오빠가 인사했어.

'이상하다. 주인이 바뀌었나?'

"아르바이트생이에요. 무엇을 도와드릴까요?"

하영이 생각을 읽었는지 대학생쯤 되는 오빠가 웃으며 물었어.

"혹시 B-BOY 그립톡 있어요?"

"이쪽에서 찾아보세요."

하영이는 아르바이트생 오빠가 가리킨 코너에서 이것저것 살펴보았어. 하지만 어떤 걸 사야 할지 고르기가 어려웠어. 아이돌을 잘 모르는 하영이에게는 멤버들 얼굴이 다 비슷해 보여서 구별하기가 쉽지 않았거든.

"좋아하는 멤버 있어요?"

하영이가 난감해하자 아르바이트생 오빠가 물었어.

"친구한테 줄 건데 얼굴이 잘 기억 안 나서요."

"혹시 이 멤버 아니에요? 민혁이라고 B-BOY에서 제일 인기 많거든요."

아르바이트생 오빠가 그립톡 하나를 골라서 내밀었어. 얼굴을 보니 그제야 고운이가 좋아하는 멤버인 민혁의 얼굴이 제대로 생각났지.

"아, 맞아요."

하영이는 똑같은 그립톡을 하나 더 골라 계산했어. 그리고 밖으로 막 나가려는데 아르바이트생 오빠가 뽑기 판을 내밀며 말했어.

"오늘 가게 이벤트 중인데 참여해 볼래요? 여기 뽑기 중에서 한 개 고르면 상품으로 바꿔 주거든요."

하영이는 여러 개의 종이가 붙어 있는 뽑기 판을 들여다보다가, 구석에 있는 종이 하나를 조심스럽게 떼어냈어. 그리고 반으로 접힌 종이를 천천히 펼쳐보았지. 그런데 종이를 확인하고는 너무 놀랐어. 단 한 번도, 어떤 이벤트에서도 뽑힌 적이 없는데 1등이라고 쓰여 있었으니까. 하영이는 두근거리는 마음으로 아르바이트생 오빠에게 종이를 내밀었어.

"와, 축하해요."

아르바이트생 오빠는 당첨된 종이를 보고 환한 표정을 짓더니 서랍에서 하얀 봉투 하나를 꺼내 주었어.

"1등 상품이에요. 언젠가는 이게 필요할 거예요."

아르바이트생 오빠는 알 수 없는 말을 하고는 상냥한 웃음을 지어 보였어. 하영이는 얼떨떨한 표정으로 봉투를 받아 조심스럽게 열어보았어. 그 안에는 '마음 영화관 초대장'이라고 쓰여 있는 빳빳한 종이가 들어 있었는데, 테두리는 황금색으로 둘러쳐져 있고 은은한 빛을 뿜어내는 황금색 별 하나가 새겨 있었지. 하영이는 '마음 영화관'이라는 곳이 궁금해 물어보고 싶었지만, 부끄러운 마음에 그냥 인사만 하고 나왔어. 아르바이트생 오빠가 잘 가라며 손을 흔들어주었지. 앵두 같은 작은 방울 두 개를 단 노란 팔찌가 하얀 손목에 걸려 달랑거렸어.

다음 날 하영이는 고운이와 은지 자리를 계속 흘끗거리며 쳐다봤어. 그립톡을 언제 주면 좋을까 망설여졌거든. 하영이는 급식도 대충 먹고 주머니 속 그립톡을 만지작거리며 고운이와 은지에게 다가갔어.

"어제 방송 봤어?"

"당연하지. 멜로디 완전 중독성 있지?"

고운이와 은지는 여전히 B-Boy 이야기를 하고 있었어. 하영이가 옆에서 듣고 있다가 은근슬쩍 대화에 끼어들었어.

"나도 봤어. 다섯 명 다 진짜 멋있던데?"

"야, 너 우리 B-Boy 오빠들이 몇 명인지도 몰라?"

갑자기 은지가 황당한 표정을 짓더니 못마땅한 얼굴로 하영이를 봤어.

'어떡하지? 다른 그룹이랑 헷갈렸나 봐.'

하영이는 너무 당황해서 얼굴이 새빨개졌어. 사실 어제 방송도 보지 않았거든. 착각했다고 말하려는데, 입이 금방 떨어지지 않았어.

"일곱 명인데 잘못 말했나 보다. 그치?"

고운이가 하영이를 보며 어색하게 웃었어.

"으응."

하영이가 얼버무리자, 은지가 다시 물었어.

"그럼, 우리 B-Boy 오빠들 이름은 다 알지?"

"물론이야. 민혁, 우진, 그리고…."

하영이는 더 생각이 나지 않았어. 분명히 어제 다 외웠다고 생각했는데 머릿속이 하얀 도화지처럼 텅 빈 것 같았지. 은지가 답답하다는 듯 얼굴을 찡그리더니 짙은 한숨을 내뱉었어.

"너 방송 봤다는 것도 거짓말이지? 모르면 모른다고 하면 될걸."

은지가 조금 큰 소리로 말하자 주변 아이들이 힐끔거리며 쳐다봤어. 하영이는 얼굴이 빨개진 채로 어쩔 줄 몰라 하다 자리로 돌아가 앉았어. 눈물이 나오려는 걸 겨우 참고 있었지. B-Boy에 대해 잘 모르면서 아는 척했던 하영이한테 실망했는지, 이번에는 고운이도 아무런 말을 하지 않았어.

하영이는 주머니 속 그립톡을 가방 속에 던져버리고 책상 위에 엎드렸어. 엎드려 있어도 등 뒤로 따가운 시선이 느껴지는 것 같았지. 그런데 갑자기 배가 아팠어. 머리도 어지럽고 열도 나는 것 같았지. 하영이는 차라리 잘 됐다 싶어 선생님께 말하고 조퇴했어. 교실에 더 있고 싶지 않았거든. 고운이와 은지 얼굴도 마주 대하고 싶지 않았고.

하영이가 주섬주섬 가방을 싸서 교실을 나가려는데 고운이가 부르는 소리가 들렸어. 하지만 하영이는 못 들은 척 나와버렸지.

하영이는 학교 밖을 나와 터덜터덜 걸었어. 그런데 아무리 걸어도 익숙한 골목길이 나오지 않는 거야. 문구점을 지나 약국을 끼고

모퉁이를 돌면 편의점이 하나 있거든. 거기에서 조금만 더 걸어 올라가면 집으로 가는 골목길이 나와. 그런데 편의점을 한참 지난 것 같은데도 골목길이 보이지 않았어. 몇 번이나 같은 곳을 걷는 것만 같지 뭐야. 그러다 낯선 가게를 하나 발견했어. '마음 영화관'이라는 간판이 눈에 들어왔지.

'마음 영화관? 어제 받았던 초대장에 쓰여 있었는데….'

하영이는 이상한 생각이 들어서 가게 앞을 두리번거렸어. 그러다 유리창에 붙어 있는 포스터를 보게 되었지. 포스터에는 고운이와 하영이, 은지가 팔찌를 한 채 환하게 웃고 있었어.

'어? 왜 내가 여기에 있어? 고운이랑 은지까지? 이게 어떻게 된 거야?'

하영이가 고개를 갸웃거리고 있는데 '딸랑딸랑' 소리가 나며 안에서 문이 열렸어.

"엄마야."

깜짝 놀란 하영이가 소리를 질렀지.

"이런, 놀란 모양이구나. 미안해서 어쩌지?"

하얀색 정장을 입은 할아버지가 다정한 미소를 띤 채 가게 문 앞에 서 있었어.

"안녕하세요."

하영이는 어딘지 모르게 신비스러운 할아버지 모습에 홀려 꾸벅 인사를 했어. 하얗고 동그란 안경알 너머 할아버지의 가늘게 웃는 눈이 보였지.

"마음 영화관에 온 걸 환영한다. 나는 영화관 주인 포포란다. 먼저 초대장을 보여주겠니?"

하영이는 어제 가방 속에 넣어둔 초대장을 찾아 할아버지에게 드렸어. 포포 할아버지는 안경을 살짝 내려 확인하더니 "맞구나." 하고는 빙그레 미소를 지었지. 그러고는 초대장에 있는 황금별 위에 하얀 손을 살짝 올려놓았어. 그러자 신기한 일이 벌어졌어. 황금별 속에서 무수히 많은 황금가루가 나와 사방으로 흩뿌려지더니 천천히 사라져 버리는 거야. 황금별이 반짝이는 동안 주변이 잠시 밝아졌다가 이내 제빛으로 돌아왔지. 할아버지 손에 있던 초대장이 사라진 걸 보고 하영이는 놀란 얼굴로 눈을 끔벅거리며 그 자리에 서 있었어.

"하영아, 들어가자꾸나."

포포 할아버지가 이름을 부르자 그제야 정신이 든 듯 하영이가 할아버지를 보며 물었어.

"제 이름을 아세요?"

"네가 오늘 영화를 볼 유일한 관객이니까. 아침부터 기다리고 있었는걸. 허허허."

포포 할아버지는 크게 소리를 내어 호탕하게 너털웃음을 터뜨렸어.

"영화를 본다고요?"

하영이가 놀란 얼굴로 묻자 할아버지가 고개를 끄덕였어.

'맞다, 여긴 영화관이었지.'

하영이는 문득 이곳이 영화관이라는 사실을 생각해 내고는 다시 유리창에 붙은 포스터를 쳐다보았어. 고운이와 은지의 모습을 보니 어떤 영화일지 새삼 궁금해졌지. 하영이는 할아버지를 따라서 가게 안으로 들어갔어.

가게 안은 밖에서 볼 때보다 훨씬 아늑했어. 은은한 촛불이 몇 군데 놓여 포근한 분위기를 내고 있었지. 하영이는 영화관 여기저기에 붙은 포스터를 구경했어.

"어? 이건 고운이랑 바닷가에 놀러 갔을 때네. 이건 작년 장기자랑 시간에 같이 공연했던 거고."

하영이는 고운이와 함께 있는 포스터를 보자 미소가 지어졌어. 그러다 옆에 있는 포스터를 보고는 표정이 달라졌지.

"근데, 얘는 은지예요? 버스에서 음악을 듣고 있는 애요."

하영이가 포스터를 가리키자 포포 할아버지가 고개를 끄덕였어. 순간 하영이 표정이 어두워졌지. 솔직히 은지 모습은 보고 싶지 않았으니까. 하영이가 다른 포스터를 둘러보면서 물었어.

"포포 할아버지, 오늘 제가 볼 영화는 뭐예요?"

"마음 영화관은 누군가의 마음을 볼 수 있는 곳이란다. 누군가의 기억과 생각, 지나온 시간을 돌아보면 그 사람의 마음을 볼 수가 있거든. 오늘은 은지의 마음을 보려고…."

"은지요?"

할아버지가 말을 끝맺기도 전에 하영이 입에서 퉁명스러운 말투가 튀어나왔어.

"왜, 보고 싶지 않니?"

포포 할아버지가 가만히 하영이를 보며 물었어. 하영이는 잠시 고민했어. 그러다 은지에 대해 알고 싶다는 생각이 들었지. 어떤 애길래 별일도 아닌 일로 자신을 그렇게 무안하게 만든 건지, 왜 갑자기 나타나서 고운이와 자기 사이를 불편하게 만든 건지 궁금했으니까.

그래서 포포 할아버지가 "이제 곧 영화가 시작될 텐데 보겠니?" 하고 다시 물었을 때 고개를 끄덕였어. 하영이는 할아버지가 가리킨 의자에 조심스럽게 앉았어. 녹색 의자 등받이에 몸을 기대고 앉아 어떤 영화가 나올지 두근거리는 마음으로 화면을 보았지.

"이제 시작한다."

할아버지 말이 끝나자마자 주위가 어두워졌어. 스크린에 누군가가 보이기 시작했지. 은지였어. 하영이는 화면 속의 은지를 달갑지 않은 표정으로 바라보았어.

*

은지는 버스에 앉아 있었어. 학교에서 현장 학습을 가는 날이었지. 그런데 다른 애들은 모두 둘씩 앉았는데 은지만 뒤에 혼자 앉아 있었어.

"은지야, 혼자 앉기 싫으면 선생님 옆으로 올래?"

선생님이 은지에게 조용히 물었어.

"괜찮아요. 혼자가 편해요."

은지가 어색하게 웃으며 말했어.

"세령이가 이민 가지 않았으면 좋았을걸."

선생님이 안타깝다는 듯 말하고는 앞자리로 돌아갔어. 선생님 말씀에 은지는 잠깐 세령이를 떠올렸어. 5학년 올라와서 친해진 친구였는데, 얼마 되지 않아 외국으로 이민을 갔거든. 세령이가 가고 난 뒤 은지는 혼자 있을 때가 많았어. 이미 아이들은 그룹이 지어져 그 사이로 들어가기가 어려웠지.

버스가 출발하자 곧 아이들이 웃고 떠드는 소리로 버스 안은 왁자지껄해졌지. 혼자 앉은 은지는 이어폰을 꽂고 눈을 감았어. 그리고 모자를 푹 눌러 써서 눈을 가렸지. 아무것도 보고 싶지 않았으니까.

'은지 친구가 이민을 갔구나. 그래서 혼자가 된 건가? 나도 고운이가 갑자기 전학이라도 가면 은지처럼 혼자가 되지 않을까?'

하영이는 버스에 혼자 앉아 있는 은지를 보며 자신의 모습을 생각했어.

점심시간에는 돗자리를 펴고 같이 먹고 싶은 친구들끼리 모여 밥을 먹었어. 아이들이 서로 이름을 부르며 모여 앉았지. 하지만 은지를 부르는 아이는 한 명도 없었어. 은지는 그 자리를 조금 벗어나 벤치에 따로 앉았어. 혼자 먹고 있는 모습을 아이들이 볼까 봐 김밥을 몇 개만 얼른 집어 먹고는 통을 닫았지. 그리고 다시 이어폰을 꽂고 음악을 들었어. '넌 혼자가 아니야~'라는 가사의 B-Boy 노래가 흘러나왔어. 좋아하는 음악을 듣고 있으려니 은지의 기분이 조금 나아졌어.

시간이 얼마나 지났을까, 누군가 팔을 툭 쳤어. 은지가 돌아보니

한 아이가 씩씩거리며 서 있었어. 은지는 이어폰을 빼고 그 아이를 쳐다봤어.

"야, 지금 애들 다 너 찾고 있잖아."

"응?"

"담임 선생님이 모이라고 했는데 못 들었어?"

"미안."

"하여튼 왜 저러나 몰라."

그 아이는 들으라는 듯 일부러 크게 중얼거리더니 뛰어가면서 소리쳤어.

"선생님, 여기 은지 있어요."

은지도 그 아이를 쫓아 뛰었어. 담임 선생님과 애들이 모여 있었지.

"너 때문에 점심시간에 놀지도 못했잖아."

"어휴, 답답해."

애들이 은지 앞에서 한마디씩 했어.

"그만해라. 왔으니 됐다."

선생님은 아이들을 꾸짖었고, 은지는 고개를 푹 숙였어.

'교실에서 본 은지는 당당했는데….'

하영이는 고개를 푹 숙이고 있는 은지의 모습이 너무 낯설었어. 당당하게 인사하던 은지에게 이런 모습이 있을 거라곤 전혀 생각하지 못했으니까.

체육 시간이야. 피구 경기를 하기로 했지.

"승현이가 청팀 주장, 현수가 백팀 주장이니까 차례대로 한 명씩 선택해서 팀을 만들어봐."

체육 선생님이 운동장에 피구 라인을 그리는 동안 승현이와 현수가 한 명씩 애들 이름을 불렀어. 이름이 불린 애들은 승현이와 현수 뒤로 줄을 섰지. 운동을 잘하거나 인기 있는 아이들부터 차례대로 선택되고, 마지막에 세 명이 남았지. 청팀 아이들과 백팀 아이들이 모여 웅성거렸어.

"은지 체육 못 하잖아."

"은지 빼자."

선생님이 왔을 때는 은지 혼자만 남아 있었어. 선생님은 난처한 표정을 지었지.

"선생님, 저 배가 아파서요."

은지는 선생님에게 말하고는 보건실로 향했어.

"야, 빨리 시작하자."

은지 뒤로 아이들이 웃고 떠드는 소리가 들렸어. 은지는 보건실 간이침대에 누웠어. 눈에서는 눈물이 주르륵 흘렀지.

은지가 우는 모습을 보니까 하영이는 왠지 이상한 기분이 들었어. 얄밉고 미웠는데, 친구 하나 없이 혼자 울고 있는 은지를 보니 마음이 좋지 않았거든. 하영이는 알 것 같았어. 은지는 배가 아프다고 했지만, 실은 마음이 더 아픈 거라는걸. 오늘 하영이도 그랬으니까.

"와, 진짜 멋있다."

고운이가 화보집을 한 장 한 장 넘기며 말했어.

"그치? 이번에 찍은 사진 다 짱이야."

은지 말에 고운이가 연신 고개를 끄덕이며 감탄하는 표정을 지었어.

"어? 이거 우정 팔찌 아냐?"

고운이가 은지 손목에 걸린 팔찌를 발견하고는 물었어.

"응, 이거 엄마랑 같이 만든 거야."

"예쁘다."

"너도 만들어볼래? 우리 집에 재료 많은데?"

"진짜? 근데 나 만드는 법 잘 몰라."

"내가 가르쳐줄게. 엄마한테 배웠어."

은지가 서랍을 열더니 바구니를 꺼냈어. 그 안에는 여러 가지 색

깔의 실이 들어 있었지.

"무슨 색 할 거야?"

"하늘색."

은지가 하늘색 실을 세 가닥 꺼냈어. 그리고 만드는 법을 자세히 가르쳐주었어.

"이렇게 매듭을 묶어봐. 여섯 가닥이 생기지."

은지가 말하자 고운이가 고개를 끄덕였어.

"1번 실이랑 2번 실이랑 매듭짓고, 여기랑 여기를 연결하고 지금처럼 계속 반복해서 만들면 되는 거야."

은지는 고운이에게 천천히 설명하면서 팔찌 만드는 걸 보여주었어. 그리고 고운이에게 이어서 만들어보라며 색실을 건넸지. 고운이는 은지가 만든 걸 이어받아 팔찌를 만들어갔어.

"이렇게?"

"아니, 거기 말고. 응, 그렇게."

은지의 도움으로 고운이가 드디어 팔찌를 완성했어.

"와, 다 됐다."

고운이는 자기가 만든 팔찌를 손목에 끼더니 아이처럼 좋아했어. 교실에서 봤던 바로 그 팔찌였지.

"예쁘다."

은지가 환하게 웃으며 고운이를 보았어.

'은지네에서 놀았을 때구나. 은지가 저렇게 웃는 거 처음 봐. 고운이랑 친해져서 그런가?'

하영이는 은지가 웃는 모습을 보니 좋았어. 하지만 한편으로는 둘이 너무 친해 보여 서운한 마음이 들기도 했어.

"나 하나 더 하면 안 돼?"

고운이가 은지에게 물었어.

"왜?"

"하영이 주려고."

"하영이?"

"응. 같이 우정 팔찌 하려고."

은지는 잠시 아무 말이 없었어. 잠시였지만 당황하고 실망한 표정이 스쳐 갔어. 하지만 은지는 애써 웃으며 물었어.

"무슨 색?"

"하영이는 노란색 좋아해."

고운이가 말하자 은지가 노란색 실을 내밀었어. 고운이는 은지에게 물어가며 세 가닥 실을 매듭짓고 돌려 묶어 팔찌를 하나 더 완성했어.

"어때?"

고운이가 팔찌를 손목에 끼며 물었어. 하늘색과 노란색 팔찌가 손목에서 달랑거렸지.

"예쁘다. 하영이 좋아하겠다."

은지가 말했어. 티 내려 하지는 않았지만 속상해 보였지. 하지만, 고운이는 팔찌만 쳐다보느라 은지의 얼굴은 보지 못했어.

'내 팔찌라고? 그럼 어제 교실에서 고운이가 주고 싶다고 했던 게….'

하영이는 줄 게 있다고 같이 가자고 했던 고운이 말이 떠올랐어. 그리고 우정 팔찌를 만들어준 고운이가 고마웠지. 그런데 마냥 기쁘지만은 않았어. 은지 표정이 너무 슬퍼 보였으니까. 그리고 은지가 왜 그런 표정을 짓고 있는지도 알 것 같았으니까.

하영이, 고운이, 은지는 서로를 보며 웃고 있었어. 하늘색, 노란색, 빨간색 색실로 만든 팔찌가 세 친구의 손목에서 달랑거리고 있었지.

"진짜 예쁘다."

"잘 어울려."

하영이와 고운이, 은지가 우정 팔찌를 흔들어 보이고는 환하게 미소 지었어. 그 미소가 햇살처럼 눈부셨어.

'어? 이상하네. 우린 같이 팔찌를 한 적이 없는데. 그래도 우리 모두 웃고 있으니까 보기 좋다.'

하영이는 화면을 보면서 행복한 듯 미소를 지었어.

화면이 꺼지고 주변이 환해졌어. 포포 할아버지가 조용히 옆으로 다가와 앉았어. 하영이가 할아버지를 보며 말했어.

"포포 할아버지, 제가 오해했어요. 전 고운이랑 은지가 우정 팔찌를 한 줄 알았어요. 그래서 화가 나고 속상했거든요. 그런데 그게 아니었어요."

"오해가 풀려 다행이구나. 기분이 조금은 괜찮아졌니?"

"아니요, 그래야 하는데 실은 그렇지가 않아요."

"그래?"

"네. 고운이가 여전히 내 단짝이라서 다행이라는 생각이 들면서도, 한편으론 마음이 좋지 않아요."

포포 할아버지는 인자한 미소를 띠고 하영이 얘기를 가만히 듣고 있었어. 그리고 하영이 얼굴을 지그시 바라봤지. 할아버지의 부드럽고 따뜻한 눈빛에 하영이는 마음이 편안해졌어. 뭐든 솔직하게 말하고 싶었지.

"포포 할아버지, 전 은지가 미웠어요. 은지 때문에 고운이하고 멀어진 것 같았거든요. 오늘은 별일 아닌데도 화를 내고 창피하게 만들어서 진짜 싫었어요. 그런데 영화를 보니까 은지가 왜 그랬는지 알 것 같아요. 저도 은지처럼 혼자였거든요. 혼자라는 거, 진짜 기분 별로거든요."

하영이 말에 포포 할아버지가 말없이 고개를 끄덕였어. 할아버지는 이미 하영이의 마음을 다 알고 있는 것 같았어. 하영이는 가만히 얘기를 듣고 어깨를 토닥여 주는 할아버지 덕분에 마음이 따뜻해졌지. 그렇게 잠시 가만히 있다가, 하영이는 갑자기 궁금한 게 생각나 할아버지에게 물었어.

"그런데 포포 할아버지, 이상한 게 있어요."

"어떤 게 말이냐?"

"영화에서 마지막에 저랑 고운이랑 은지가 함께 우정 팔찌를 하고 웃고 있었어요. 그런데 우린 그런 적이 없거든요."

하영이 말에 포포 할아버지는 눈가에 몇 가닥의 주름을 만들며 얼굴 가득 미소를 짓고는 말했어.

“이 영화는 은지의 마음이라고 했지? 그래서 그럴 게다.”

“은지의 마음이요?”

“그래, 은지는 너와 고운이와 함께 우정 팔찌를 하고 싶었던 걸지도 모르겠구나. 은지가 마음속으로 바라거나 상상한 것을 영화에서는 다 볼 수 있으니까 말이다.”

“은지가 바라거나 상상한 거요?”

하영이는 할아버지가 한 말을 천천히 생각해 봤어. 하영이가 고운이와 은지에게 주려고 그립톡을 샀던 것처럼, 은지도 모두와 친해지고 싶었던 건 아닐까 하는 생각이 들었지.

‘은지도 나처럼 또 혼자가 될까 봐 걱정되었을 거야. 새로운 학교에서는 진짜 친구를 만들고 싶었을 텐데…. 그럼 나는 어떻게 해야 하지?’

하영이가 짐짓 심각한 표정으로 아무 말이 없자 포포 할아버지가 물었어.

“무슨 고민이 있니?”

“포포 할아버지, 이제 저는 어떻게 해야 할까요? 솔직히 잘 모르겠어요.”

그러자 포포 할아버지는 말없이 하영이 손 위에 네모난 종이 하나를 올려놓았어. 자세히 보니 영화표였어. 영화표 뒷면에는 ‘마음 영화관'이라는 글자와 오늘 날짜가 새겨져 있었고 앞면에는 하영이와 고운이, 은지가 팔찌를 손목에 걸고 환하게 웃는 모습이 담겨 있었지.

'환하게 웃고 있는 우리, 보기 참 좋다.'

영화표를 보자 하영이 얼굴에 미소가 떠올랐어. 그리고 무엇을 해야 할지 어렴풋이 알 것 같았지. 무언가 결심한 얼굴로 하영이가 말했어.

"할아버지, 저 할 일이 생각났어요."

"그래? 그게 뭐든 나는 네가 잘할 거라고 믿는다."

할아버지의 말을 들으니 하영이는 힘이 불끈 나는 것 같았어. 정말로 잘할 수 있을 것 같은 자신감이 생겨 들뜬 목소리로 물었지.

"포포 할아버지, 우리 셋 모두 친구가 될 수 있을까요?"

"네 생각은 어떠니?"

"음, 그럴 수 있을 것 같아요. 여기에 우리 모두 환하게 웃고 있잖아요."

하영이가 웃는 얼굴로 영화표를 흔들어 보이며 말했어. 포포 할아버지도 살짝 다문 입가에 잔잔한 미소를 지으며 천천히 고개를 끄덕였어.

하영이는 밖으로 나오자마자 고운이에게 카톡을 보냈어.

고운아, 수업 끝났어? **오후 2:43**

고운이에게 바로 답장이 왔어.

응, 그런데 너 배 아픈 건 괜찮아? **오후 2:43**

고운이 말에 하영이는 아까 배가 아팠었다는 게 생각났어. 영화관을 나오면서 신기하게 배 아픈 것도 잊었지 뭐야.

다 나았어. **오후 2:44**

다행이다. **오후 2:44**

오늘 얼굴 볼래? 나 줄 거 있는데. **오후 2:44**

좋아. 나도 줄 거 있거든. **오후 2:44**

고운이 말에 하영이는 피식 웃음이 났어. 고운이가 줄 거라는 게 뭔지 알 것 같았으니까.

하영이는 집 근처 공원에서 고운이를 기다렸어. 저만치에서 고운이가 뛰어오는 모습이 보였지.

"천천히 와."

하영이가 손나팔을 만들어 고운이를 향해 큰 소리로 외쳤지만, 고운이는 쉬지 않고 뛰어오더니 하영이 앞에서 헉헉거렸어.

"천천히 오라니까."

하영이가 웃으며 말했어.

"이거 빨리 주고 싶어서."

고운이가 거친 숨을 내쉬며 주머니에서 노란 색실로 만든 팔찌를 내보였어.

"우정 팔찌야. 너랑 하고 싶어서 만들었거든."

"와, 정말 예뻐. 나도 너랑 하고 싶었었는데."

실제로 보니 우정 팔찌는 영화에서 봤을 때보다 더 곱고 예뻤어. 하영이는 팔찌를 오른 손목에 걸고는 주먹 쥔 손을 가볍게 흔들어 팔찌를 달랑거리게 했어. 고운이도 하영이를 따라 손목을 흔들었지. 고운이 팔에는 하늘색 팔찌가, 하영이 팔에는 노란색 팔찌가 가볍게 찰랑거렸어.

"고마워. 만드는 거 어렵지 않았어?"

"은지가 가르쳐줬어. 아, 맞다. 은지 때문에 오늘 기분 나빴지?"

고운이가 아차 싶었는지 하영이 눈치를 살피며 물었어.

"아까는 그랬는데 지금은 괜찮아."

하영이가 웃음 띤 얼굴로 말하자, 고운이가 금세 미안한 표정을 지었어.

"그때는 나도 미안했어."

"아니야. 내가 틀린 게 사실인걸. 나 솔직히 아이돌 잘 몰라. 네가 좋아해서 나도 좋아해 보려고 했는데 잘 안 되더라고."

하영이는 처음으로 솔직하게 말했어. 고운이가 실망하면 어쩌나 싶었는데 다행히 고운이는 하영이를 보고 밝게 웃었어.

"그랬구나. 모르면 어때? 좋아하는 게 다를 수도 있지. 다음엔 모르면 모른다고 해. 그래도 괜찮으니까. 알았지?"

하영이는 고개를 끄덕이고는 그립톡을 꺼내 고운이 앞에 내밀었어.

"저번에 너 주려고 샀어."

그립톡을 본 고운이 눈이 커다래졌어.

"어, 이거 진짜 갖고 싶었는데."

"그리고 나 똑같은 거 하나 더 샀어. 은지 주려고."

"은지?"

고운이가 핸드폰 뒤에 그립톡을 달다 말고 놀란 얼굴로 하영이를 쳐다봤어.

"은지가 싫어할까?"

하영이가 자신 없는 목소리로 말하자, 고운이가 손사래를 쳤어.

"아니, 은지도 분명 좋아할 거야. 그런데 은지 때문에 화났던 거 아니야?"

"그랬었는데 지금은 아니야. 너한테 우정 팔찌를 받고 보니까 은지도 친구가 필요해서 그랬던 게 아닌가 싶거든."

"친구?"

"응. 은지가 너랑 있을 때는 엄청 잘 웃잖아. 그런데 네가 나하고만 우정 팔찌를 하면 은지가 좀 속상하지 않을까 싶어서."

하영이 말에 고운이가 무언가 잠시 생각하더니 입술을 다문 채 고개를 끄덕였어. 고운이가 조심스럽게 말했어.

"사실 우정 팔찌 말이야, 은지네 갔을 때 만든 거야. 은지네서 우정 팔찌를 보니까 네 생각이 났거든. 근데 나중에 생각해 보니까 은지한테 미안하더라고. 은지가 만드는 법도 가르쳐주고 색실도 준 거거든."

"고운아, 그럼 우리가 은지한테 우정 팔찌를 만들어주면 어때?"

하영이가 고운이를 보며 물었어.

"우정 팔찌를?"

"응, 나도 네가 먼저 말 걸어주기 전까지는 혼자였잖아. 혼자라는 거, 되게 힘들고 외롭거든. 그래서 너만 괜찮다면 우리가 은지에게 먼저 좋은 친구가 되어주면 어떨까 싶어서."

고운이가 하영이를 빤히 쳐다봤어. 그리고 빙그레 웃으며 말했지.

"좋아. 나도 사실 우리 셋 다 좋은 친구가 되면 좋겠다고 생각했는데, 너한테 먼저 말하기가 좀 그랬거든. 은지가 오늘 너한테 화도 냈잖아."

고운이가 하영이 어깨에 팔을 두르며 대단하다는 듯 말했어.

"하영아, 너 은지 때문에 속상했을 텐데 어떻게 그런 생각을 다 했어? 너 진짜 괜찮은 애인 거 알지?"

"그럼, 알지."

하영이가 당연하다는 듯 웃었어.

"그래서 내가 너 진짜 좋아하잖아."

고운이도 하영이를 보고 환하게 웃었지.

그날 하영이와 고운이는 은지에게 줄 우정 팔찌를 만들려고 색실을 사러 갔어. 여러 가지 색실을 보며 고운이가 난감한 표정을 지었어.

"무슨 색깔로 할까? 은지는 무슨 색 좋아하지?"

“빨간색. 무조건 빨간색으로 해야 해.”

하영이가 영화관에서 봤던 장면을 생각하고는 자신 있게 말했어. 은지가 빨간색 팔찌를 하고 웃고 있었으니까. 둘은 빨간색 실을 한 줄 한 줄 정성껏 엮어 팔찌를 만들었어. 은지가 좋아하기를 바라면서 말이야.

다음 날 점심시간에 하영이와 고운이는 등나무 벤치로 은지를 불렀어. 은지가 조금 어색해하는 표정으로 나왔지.

“무슨 일이야?”

“이거 주려고.”

하영이가 그립톡을 내밀자 은지가 이유를 모르겠다는 표정으로 쳐다봤어.

“왜 주는데?”

“친해지고 싶어서.”

“어?”

예상하지 못했던 대답이었는지 은지가 당황스러운 얼굴로 눈을 깜박였어.

“그리고 은지야, 이거.”

이번에는 고운이가 은지에게 빨간 색실로 만든 우정 팔찌를 건넸어. 은지의 눈이 커다래졌어.

“어제 하영이랑 같이 만들었어. 너한테 배운 대로 하나씩 엮어서.”

“근데 이걸 왜?”

은지가 진짜 모르겠다는 듯 얼버무렸어.

“너랑 친해지고 싶어서.”

고운이가 웃으며 밝은 목소리로 답했어. 은지는 아리송한 얼굴로 고운이와 하영이를 번갈아 보았지.

“우리는 너랑 좋은 친구가 되고 싶은데, 우정 팔찌 같이 할래?”

하영이가 용기를 내어 천천히 물었어. 자꾸만 마음이 두방망이질 쳤지. 누구에게 먼저 다가가 말하는 건 하영이도 처음이었으니까. 은지는 뭐라고 답해야 할지 망설였어. 어쩔 줄 몰라 하며 시선을 피해 고개를 두리번거렸지. 그러자 고운이가 얼른 은지의 손목을 잡더니 팔찌를 걸어주며 말했어.

“하영이가 네가 빨간색 좋아할 거라고 했는데 맞아?”

“응. 어떻게… 알았어?”

은지가 놀란 얼굴로 하영이를 봤어.

“그냥 그럴 것 같아서.”

하영이가 슬며시 미소 짓자, 은지가 손목을 들여다보더니 떨리는 목소리로 말했어.

"고마워. 나 친구가 무언가를 만들어준 게 처음이야."

그러고는 하영이에게 미안한 표정을 지으며 말했어.

"어제는 미안했어. 진짜로 속상하게 하려고 했던 건 아닌데. 실은…."

은지는 어떻게 말해야 할지 몰라 머뭇거렸어.

"괜찮아. 더 말 안 해도 알 것 같은걸. 근데 우정 팔찌, 마음에 들어?"

"응. 너무."

하영이가 묻자 은지는 쑥스러워하며 수줍게 웃었어. 은지의 얼굴이 조금 붉어졌지.

"야, 모두 팔 내밀어봐."

고운이 말에 셋은 나란히 팔을 내밀었어. 세 아이의 손목에 걸린 빨강, 하늘, 노랑 팔찌가 참 예뻤지. 셋은 서로의 팔찌를 보며 환하게 웃었어.

"어? 이거?"

하영이는 영화 포스터에 있던 장면이 떠올랐어.

"왜?"

고운이와 은지가 무슨 일이냐는 듯 동시에 쳐다봤어.

"아니, 그냥. 너무 예뻐서."

하영이는 그렇게 말하고는 빙그레 웃었어.

"야옹, 야아옹."

어느 틈에 왔는지 목에 노란 방울을 단 하얀 고양이가 세 친구 곁에 다가와 우는 소리를 냈어.

"어? 그 고양이다. 목에 노란 방울이 있는."

하영이가 고양이를 반기며 말했어.

"아는 고양이야?"

"응. 며칠 전에 놀이터 그네에서 만났어."

셋은 고양이 앞에 쭈그려 앉았어. 고양이는 발라당 눕더니 하얀 배를 내보였어.

"너무 귀여워."

하영이와 고운이, 은지가 솜털처럼 부드러운 고양이 배를 쓰다듬으며 서로를 쳐다봤어. 그리고 뭐가 재미있는지 깔깔 웃음을 터뜨렸지. 고양이도 기분이 좋은지 갸릉갸릉 소리를 냈어.

그때 수업 종이 쳤어. 셋은 누가 먼저랄 것도 없이 서로 손을 잡고는 교실로 뛰었어. 세 아이가 뛸 때마다 찰랑거리는 우정 팔찌가 햇살을 받아 반짝거렸어. 하영이는 양옆에서 뛰어가는 고운이와 은지를 번갈아 보며 '마음 영화관'을 떠올렸어. 그리고 속으로 말했어.

'포포 할아버지, 고마워요.'

포포 할아버지는 영화관에서 이 모습을 흐뭇하게 보고 있었어. 그리고 하영이가 말하는 걸 듣고는 더없이 행복한 미소를 지었지.

배를 보이고 누워 있던 코코가 일어나 뛰어가는 아이들을 향해 낮은 소리로 야옹거렸어. 그리고 춤을 추듯 네 발을 폴짝거리며 영화관을 향해 걸음을 옮겼지. 기분이 좋은지 리듬에 맞춰 귀여운 꼬리와 얼굴을 샐쭉샐쭉 흔들어대고 휘파람까지 불면서 말이야.

"초코야."

그런데 초코가 재석이를 향해 달려오는 거야.

기다렸다는 듯 꼬리까지 흔들면서 말이야.

처음 있는 일이었어.

터질 것 같은 가슴을 누르며 재석이는 초코의 등을 쓸어주고,

맛있는 간식을 주었어.

"초코야, 이제 같이 가자. 내가 가족이 되어줄게."

초코의 눈을 보며 말하는 재석이에게 초코는 "왈왈" 하고 짖었어.

알겠다는 듯 고개도 끄덕이는 것 같았지.

3

반려견 초코, 가족이 되고 싶어

_ 재석

재석이는 학교에서 말을 잘 하지 않아. 친구들이 물으면 그냥 고개를 끄덕이거나 도리질할 뿐 무어라고 대꾸하지 않지. 재석이와 친해지려고 처음에 몇 번 말을 걸어오던 친구들도 재석이가 별 반응을 보이지 않자 언젠가부터는 다가오지 않았어. 재석이는 교실에서 혼자 있는 시간이 많아졌고, 그게 더 마음 편했지.

학교에서만 그런 건 아니야. 엄마 아빠가 하는 식당에 가서도 말없이 밥만 먹고 오는 날이 많았으니까. 엄마가 "오늘 학교 어땠어?" 하고 물으면 무표정한 얼굴로 "괜찮았어."라고 짧게 답하고는 입을 꾹 닫았지. 엄마는 눈도 마주치지 않고 밥만 먹고 있는 재석이를 보며 들리지 않게 한숨만 내쉬었어. 엄마가 아무리 화를 내고 달래봐도 소용없었으니까. 밝았던 재석이가 점점 표정과 말을 잃어간 건 할머니가 돌아가시고 난 뒤부터야.

재석이는 여섯 살 때부터 할머니와 함께 살았어. 엄마 아빠가 식당을 하면서 어린 재석이를 볼 수가 없어서 시골에서 할머니가 올라오셨거든. 할머니는 매일 재석이의 손을 잡고 유치원에 데려다주었어. 그리고 유치원이 끝나면 재석이와 함께 시장에 들르곤 했어. 재석이가 시장 구경하는 걸 너무 좋아했거든. 여름에는 손에 아이스크림을 하나씩 들고, 겨울에는 붕어빵을 함께 먹으면서 할머니와 이런저런 얘기를 하며 집으로 걸어오곤 했는데, 재석이는 그 시간이 참 좋았어. 유치원을 졸업할 때도 초등학교에 입학할 때도 학교에서 행사가 있을 때도, 재석이 옆에는 할머니가 있었어. 엄마와 아빠는 식당 일로 항상 바빴으니까.

재석이는 속상하거나 아플 때도 할머니가 곁에 있으면 다 괜찮아졌어. 하루는 재석이가 엄마 아빠한테 혼이 나서 방에서 혼자 울고 있었거든. 그런데 할머니가 몰래 와서 "우리 손주 많이 아팠어? 할미 맴이 더 아프당께."라고 하면서 꼭 안아주시는 거야. 그리고 주름진 손으로 재석이 얼굴을 어루만져 주셨어. 곧 속상한 마음이 사르르 풀어졌지. 재석이가 아플 때도 마찬가지였어. 한번은 열이 나고 배탈이 나서 잠을 못 자고 있었는데, 할머니가 밤새 물수건을 이마에 올려주고 따뜻한 손으로 배를 문지르면서 "할미 손은 약손, 어서어서 나아라." 하니까 신기하게 열도 내리고 배 아픈 것도 없어졌다니까. 항상 인자한 얼굴로 사랑한다고 말해주셨던 할머니는 재석이에게는 세상의 전부나 마찬가지였어.

그런데 그렇게 재석이를 아끼고 사랑해 주셨던 할머니가 갑자기 작년에 쓰러지더니, 결국 일어나지 못하고 돌아가셨어. 재석이는 믿을 수가 없었어. 할머니가 곁에 없을 수도 있다는 걸 단 한 번도 생각해 본 적이 없었으니까. 항상 옆에 있던 할머니가 안 계시게 된 뒤부터 재석이는 잘 웃지 않았어. 무표정한 얼굴에 점점 말도 잃어갔지.

오늘도 재석이는 학교에서 말없이 지냈어. 쉬는 시간에 친구들이 떠들어도 자리에 혼자 조용히 앉아 있을 뿐이었지. 수업 시간이 되자 떠들던 아이들이 잠잠해졌어. 국어 시간이었는데 선생님은 '나의 꿈'에 대해 짝하고 얘기해 보라고 하셨어.

"넌 꿈이 뭐야?"

며칠 전 자리를 바꿔서 짝이 된 하영이가 물었어. 재석이는 평소처럼 고개를 저었어. 말하고 싶지 않은 데다, 하고 싶거나 되고 싶은 꿈도 없었으니까. 그러자 하영이는 "아직 못 정했구나." 하고 대수롭지 않게 말하는 거야. 지금까지 재석이와 앉았던 다른 애들은 "선생님, 재석이 또 말 안 해요." 하고 이르기 바빴는데 말이지. 재석이가 쳐다보자 하영이는 양쪽 뺨에 보조개를 보이며 말했어.

"내 꿈은 수의사야. 우리 아빠가 동물병원을 하시거든. 가끔 동물병원에서 강아지랑 고양이랑 놀아주는데, 동물들이 좋아해. 그리고 우리 집에서는 강아지를 키워. 이름이 가을인데, 나를 제일 좋아한다니까. 너 하늘 동물병원이라고 봤어? 학교 옆에 있는 거."

재석이가 고개를 끄덕였어.

"거기가 우리 아빠가 하는 병원이야."

하영이가 말하면서 웃었어. 재석이는 뭐라고 대꾸하지는 않았지만, 하영이가 다른 애들과 조금은 다르다는 생각이 들었어.

학교 수업이 끝나고 재석이는 학원에 가는 중이었어. 그런데 하얀 티셔츠에 노란 멜빵 바지를 입은 꼬마 아이가 갑자기 재석이를 붙잡는 거야.

"형, 저기 멍멍이 좀 도와줘. 응?"

재석이가 당황스러운 표정으로 쳐다보자, 아이는 울 것처럼 찡그린 얼굴을 한 채 손으로 어딘가를 가리켰어. 아이가 가리킨 곳을 보니 버스 정류장 주변 공터에 누런 강아지 한 마리가 있었어. 그제야 재석이는 몇 번이나 그 자리에서 그 강아지를 봤던 일이 떠올랐어. 그동안에는 학원 가느라 무심히 보고 지나쳤거든.

재석이는 어떻게 해야 하나 망설였어. 이전 같으면 고개를 내젓고는 그냥 갔겠지만, 금방이라도 울 것 같은 꼬마 아이를 보니 지나칠 수 없었지. 재석이가 꼬마 아이에게 물었어.

"무슨 일인데?"

"멍멍이가 아픈 것 같아."

꼬마 아이가 훌쩍이며 말했어. 재석이는 다시 강아지가 있는 쪽을 쳐다봤어. 강아지는 공터에 앉아 있다가 버스가 정류장으로 들어서면 부리나케 버스 가까이 뛰어갔어. 그렇게 뛰어갈 때마다 버스와 아슬아슬 부딪힐 것 같아 위험해 보였지. 강아지는 버스에서 내리는 사람들을 하나둘 훑어보았어. 그러고는 실망한 듯 다시 앉아 있던 곳으로 돌아와서는 몸을 납작 엎드렸어.

재석이는 아이 손을 잡고 누런 강아지 가까이 다가갔어. 그리고 엎드려 있는 강아지 앞에 쪼그리고 앉았어. 꼬마 아이가 따라 앉았지. 강아지는 밖에서 오래 생활했는지 앙상하게 마른 몸에 더러워진 털들이 지저분하게 엉켜 있었어. 누런 강아지가 슬쩍 고개를 들어 재석이를 쳐다보았어. 유독 까만 코가 눈에 띄었지. 그런데 자세히 보니 눈 아래 상처가 나 있었어. 언제부터 그랬던 건지 붉은 피가 굳어 있었지.

'어쩌지? 진짜 아픈 것 같은데.'

재석이가 걱정스러운 듯 보고 있는데 버스가 들어오는 소리가 났어. 그러자 그 강아지는 다시 정류장 앞으로 뛰어갔어. 그리고 아까처럼 내려오는 사람들을 한 명 한 명 쳐다보았지.

"아이코, 누가 이런 데 개를 풀어놨어? 걸리적거리게."

한 아저씨가 짜증을 냈어.

"엄마야."

놀라서 소리치는 아이도 있었고.

"얼른 저리 못 가?"

신경질을 내며 발길질하는 할아버지도 있었지. 누런 강아지는 실망한 표정으로 원래 있던 자리로 돌아오더니 힘없이 엎드렸어. 재석이는 그 강아지가 안돼 보였어. 버스가 올 때마다 달려가는 걸 보니 누군가를 찾는 것 같은데, 그 모습이 꼭 할머니를 그리워하는 자기 같았으니까. 그래서일까? 재석이는 강아지 얼굴에 있는 상처를 치료해 주고 싶었어.

"형, 멍멍이 많이 아픈 거지?"

꼬마 아이가 빨개진 눈을 하고 울음 섞인 목소리로 물었어.

"잘 모르겠어. 빨리 치료해야 할 텐데."

"형이 도와줄 거지?"

꼬마 아이가 재석이를 뚫어지게 보며 물었어. 두 눈에 맺힌 눈물이 금방이라도 떨어질 것 같았지. 재석이는 잠시 생각하다 고개를 끄덕였어.

"꼭 치료해 줄게. 걱정하지 마."

그제야 아이가 눈물을 쓱 닦았어. 그리고 재석이에게 하얀 봉투를 내밀었어. 꼬마 아이 손목에 달린 노란 팔찌가 눈에 띄었어. 팔찌에 작은 노란색 방울 두 개가 달랑거리고 있었지.

"이게 뭐야?"

"형한테 꼭 필요할 것 같아서."

재석이는 아이가 준 봉투를 열어보았어. '마음 영화관 초대장'이라는 문구가 적힌 빳빳한 종이가 들어 있었지.

"마음 영화관이 뭐야?"

재석이가 물으며 고개를 돌렸는데 방금까지 옆에 앉아 있던 아이가 어느새 보이지 않았어.

"어? 어떻게 된 거지?"

너무 놀라서 벌떡 일어나 사방을 둘러보았지만, 어디에서도 아이의 모습을 찾을 수가 없었어. 대신 노란 방울을 단 하얀 고양이 한 마리가 눈에 띄었지. 작은 귀에 노란 눈을 반짝이며 재석이를 올려다보고 있었어.

그때 핸드폰이 울렸어. 엄마였어.

"재석아, 학원에 아직 안 갔니? 학원에서 전화 왔어."

"이제 가려고."

"그래. 얼른 가."

엄마가 전화를 끊으려고 할 때였어. 재석이가 얼른 엄마를 불렀어. 강아지를 그냥 두고 갈 수 없었으니까.

"엄마."

"왜?"

"강아지 데리고 가도 돼?"

"뭐?"

"불쌍한 강아지가 있어서."

"밖에 돌아다니는 강아지를 데리고 온다고?"

엄마 목소리 톤이 날카롭게 올라갔어. 수화기 너머 한숨 소리가 들렸지.

"일단 와서 얘기해."

엄마가 전화를 끊었어. 하지만 재석이는 쉽게 발이 떨어지지 않았어.

'꼭 다시 올게. 알았지?'

재석이는 누런 강아지를 한 번 더 보고는 겨우 발길을 돌렸어. 하지만 학원에서도 머릿속에는 온통 누런 강아지와 꼬마 아이 생각뿐이었어.

"엄마, 강아지 데리고 오면 안 돼?"

식당 일을 마치고 엄마가 집에 들어오자마자 재석이가 다시 물었어.

"아까부터 무슨 강아지를 말하는 거야?"

엄마가 피곤한 얼굴로 소파에 털썩 기대앉으며 재석이를 봤어. 재석이는 낮에 보았던 누런 강아지에 대해 말하고는 눈 아래 상처를 빨리 치료해야 한다는 말도 덧붙였지.

"밖에 있는 개를 어떻게 데리고 와?"

"주인이 있는지도 모르잖아."

키울 곳도 마땅치 않고 식당 일로 봐줄 사람도 없다면서 엄마 아빠는 안 된다고 했어. 재석이는 고개를 푹 숙이고 실망한 얼굴을 한 채 말없이 방으로 들어가 버렸어. 엄마는 그런 재석이를 보면서 한숨을 쉬었지. 사실 오늘 엄마는 학교에서 선생님과 상담을 하고 왔거든. 엄마가 안방으로 들어가자 아빠가 따라 들어가며 물었어.

"학교에서 선생님이 뭐래?"

"말이 너무 없대. 친구들하고도 어울리지 않고 혼자 있을 때가 많다고. 표정도 없고 그늘져 보인다고 선생님이 걱정하더라고."

"휴, 기다리면 나아질 줄 알았더니…."

아빠가 길게 한숨을 쉬었어.

"여보, 그래서 말인데 어머님 돌아가시고 난 뒤로 재석이가 뭘 해달라고 한 적이 한 번도 없잖아. 뭐든 안 한다고 하고, 말도 통 없고. 자기 딴에는 오늘 용기 내서 말한 것 같은데 무조건 안 된다고 해도 될까?"

엄마가 걱정이 묻어난 얼굴로 아빠를 돌아봤어.

"그렇다고 무턱대고 강아지를 키울 수는 없잖아. 밖에 돌아다니는 강아지면 위험할 수도 있고. 강아지 키우는 게 뭐 쉬운 일이야?"

그때 안방 문이 벌컥 열렸어. 언제부터 있었는지 재석이가 눈물이 맺힌 채로 문 앞에 서 있었지. 엄마와 아빠가 놀란 눈으로 재석이를 봤어.

"그럼 강아지 다친 것만 치료해 주면 안 돼?"

재석이 목소리가 가늘게 떨렸어. 할머니가 돌아가시고 재석이가 이렇게 간절하게 말한 건 처음이었어. 엄마 아빠는 서로를 잠깐 마주 보았고 고개를 끄덕였지.

"그럼 나을 때까지만이다. 알았지?"

아빠 말에 재석이는 얼른 고개를 끄덕였어.

"일단 데리고 와봐."

엄마가 재석이 등을 토닥이며 말했어. 재석이는 꼬마 아이와의 약속을 지킬 수 있을 것 같아 다행이라고 생각했어.

다음 날 재석이는 학교가 끝나자마자 누런 강아지를 보았던 버스 정류장으로 부리나케 달려갔어.

'혹시 가버렸으면 어쩌지?'

걱정스런 마음에 급히 뛰어갔는데 여전히 그 강아지는 버스 정류장 근처 공터에 엎드려 있었어. 재석이는 강아지 앞으로 가서 쪼그리고 앉았어. 강아지는 처음에는 경계하는 눈빛이더니 곧 귀찮은 듯 그대로 엎드려 있었지. 조심스럽게 얼굴을 살펴보니 눈 아래 상처가 더 심해 보였어. 어제보다 눈도 많이 부어 있었고 말야.

'빨리 치료해야 하는데….'

심해진 상처를 보자 마음이 급해졌지만 재석이는 우선 주머니에서 소시지를 꺼내 누런 강아지 앞에 두었어. 강아지는 호기심 어린 눈으로 쳐다보더니 고개를 조금 움직여 소시지를 먹었지. 재석이는 얼른 소시지를 하나 더 놓았어. 그러자 이번에도 한 번에 입 속에 넣어 우물거렸어. 그렇게 소시지를 다 먹고는 더 먹고 싶은지 기대하는 눈빛으로 재석이를 쳐다봤어. 재석이는 이번에는 소시지를 손에 올려 강아지 앞으로 내밀었어. 그리고 강아지가 한 걸음 다가오면 한 걸음 물러섰지. 그렇게 강아지를 버스 정류장에서 멀어지게 한 후 데리고 갈 생각이었거든. 재석이 생각대로 강아지는 조금씩 걸으며 재석이를 쫓아왔어. 그런데 정류장 반대쪽으로 몇 걸음 갔을 때쯤 버스 한 대가 들어오는 소리가 났어. 그러자 강아지는 몸을 홱 돌리더니 또다시 버스 정류장 쪽으로 달려가 버렸어. 그러고는 내리는 사람들을 쫓다가 터덜터덜 원래 자리로 돌아왔지.

'왜 자꾸 버스만 오면 뛰어가는 거야? 얼른 치료해야 하는데….'

재석이는 애가 탔어. 재석이는 강아지가 놀랄까 조심하며 등을 천천히 쓰다듬으며 말했어.

"같이 가자. 응?"

하지만 강아지는 고개를 들어 한 번 쳐다보더니 싫다는 듯 반대로 고개를 돌려버렸어. 할 수 없이 재석이가 억지로 강아지를 안으려 하자, 강아지는 재석이를 향해 컹컹 짖기 시작했어.

"무슨 일이야? 이놈의 똥개가 맨날 사람들 귀찮게나 하고."

근처에 있던 아저씨가 성큼 걸어오더니 주변에 있던 커다란 돌멩이 한 개를 집어 들고는 강아지 앞에서 마구 휘둘렀어. 강아지는 겁을 먹고 몇 걸음 뒤로 물러섰지.

"그러지 마세요."

재석이가 얼른 강아지 앞을 막아서며 말했어.

"도와줬더니만 버릇없이."

아저씨가 인상을 구기며 신경질을 내고는 가버렸어. 누런 강아지는 완전히 지친 표정으로 고개를 떨구고 바닥에 엎드렸어.

‘그렇게 가기 싫은 거야?’

재석이는 안타까운 표정으로 강아지를 봤어. 강아지가 왜 여기를 벗어나지 못하는지 궁금했지. 얼른 상처를 치료해 줄 수 없어 속상했고 말이야. 재석이는 지쳐 보이는 강아지를 안쓰러운 얼굴로 보다가 가지고 온 소시지를 모두 털어 내려놨어.

“금방 또 올게.”

재석이는 소시지를 먹는 누런 강아지를 한참 바다보다 집으로 발길을 돌렸어.

얼마나 걸었을까. 도착할 때가 되었는데 집이 보이지 않았어. 대신 지금까지 한 번도 보지 못했던 낯선 가게 하나가 눈에 들어왔어. 얼핏 보기에도 꽤 오래되어 보이는 가게였는데, 이상하게 들어가 보고 싶은 마음이 들어 가까이 다가갔지. 가게 앞에는 ‘마음 영화관’이라는 간판이 걸려 있었고, 유리창에는 강아지 한 마리가 웃고 있는 포스터가 붙어 있었어. 재석이는 그 포스터를 보자마자 심장이 멎을 것 같았어.

‘말도 안 돼. 이 강아지는 조금 전에 버스 정류장에서 본 강아지야. 틀림없어.’

재석이는 궁금한 마음에 얼른 영화관 안으로 들어갔어.

재석이가 들어가자 할아버지 한 분이 어떤 기계를 만지고 있었어. 은색 머리칼의 깔끔한 모습에 하얀 정장을 입은 할아버지였지. 문 열리는 소리에 할아버지가 콧등 아래로 내려간 하얀 안경을 살짝 위로 올리며 재석이를 보고 미소 띤 얼굴로 말했어.

"마음 영화관에 온 것을 환영한다. 나는 영화관 주인 포포란다. 초대장은 가지고 왔니?"

"초대장이요?"

"초대장을 가지고 있어서 여기를 발견할 수 있었을 게다. 잘 생각해 보렴."

포포 할아버지는 눈꼬리를 접으며 인자하게 웃었어.

'초대장? 아, 맞다!'

재석이는 꼭 필요할 거라면서 어제 꼬마 아이가 주었던 초대장을 생각해 내고는 얼른 할아버지에게 건넸어.

"맞아. 바로 이거란다."

할아버지는 웃으며 초대장에 새겨진 황금색 별 위에 가만히 하얀 손을 올려놓았어. 그러자 별에서 황금빛이 쏟아져 나와 황금가루로 변하더니, 초대장과 함께 사라져 버렸지. 재석이는 놀라서 입을 벌린 채 멍하니 서 있었어. 그런 재석이를 보며 포포 할아버지가 말했어.

“그런데 조금 기다려야 되겠구나.”

“네?”

“영화를 보려면 기계를 조금 손봐야 할 것 같거든.”

포포 할아버지가 커다란 기계를 만지며 말했어.

“영화요? 제가 영화를 보나요?”

“네가 원한다면.”

할아버지는 묘한 미소를 띠며 말했어.

“잠깐 주변을 둘러보고 있겠니?”

할아버지 말씀에 재석이는 가게 안을 구경했어. 가게는 은은한 조명과 군데군데 놓여 있는 촛불 덕분에 포근하고 아늑하게 느껴졌어. 그리고 한쪽 벽에는 포스터가 여러 장 붙어 있었지. 재석이는 그 포스터를 자세히 들여다보았어. 버스 정류장 근처에서 봤던 누런 강아지가 할머니와 함께 다정하게 걷고 있는 모습, 할머니가 강아지를 품에 안고 있는 모습이 담겨 있었지.

‘이 할머니가 강아지의 주인인가?’

재석이는 강아지에 관해 궁금해졌어. 그때 고양이 한 마리가 나타났어.

“어? 이 고양이는….”

재석이는 며칠 전 공터에서 봤던 하얀 고양이를 떠올렸어.

"니야옹, 냐아옹."

고양이도 재석이를 알고 있는 듯 가까이 다가왔어. 그리고 고개를 몇 번 흔들었지. 목에 달린 노란 방울에서 작게 딸랑거리는 소리가 났어. 하얀 고양이는 재석이 옆으로 바짝 다가오더니 눈을 마주쳤어. 노란 눈에서 빛이 났지. 그러고는 재석이 발 앞에 자리를 잡고 누웠어.

"허허허, 코코가 네가 마음에 드는 모양이구나."

포포 할아버지가 기계를 만지며 소리 내어 웃었어.

"니야옹."

코코는 낮게 가르랑거리며 재석이 다리에 머리를 비볐어. 재석이가 코코를 품에 안자, 코코도 편안한지 고개를 재석이 팔에 기대었어. 코코의 머리를 여러 번 쓰다듬자 바짝 서 있던 귀가 뒤로 젖혀지고 눈꺼풀이 아래로 처졌지.

"자, 이제 준비가 되었는데 보겠니?"

포포 할아버지가 물었어.

"할아버지, 영화에 이 강아지가 나오나요?"

재석이가 포스터를 보며 물었어.

"그렇단다. 마음 영화관은 누군가의 마음을 볼 수 있는 영화관이지. 오늘은 그 강아지의 마음을 보게 될 게다."

"네. 얼른 보고 싶어요."

재석이가 말하자 할아버지가 고개를 끄덕였어. 재석이는 코코를 안은 채 할아버지가 가리킨 녹색 의자에 앉았어. 불이 꺼지자 스크린에 무언가 보이기 시작했어. '왈왈' 짖으며 꼬리를 살랑살랑 흔들고 있는 강아지, 바로 버스 정류장에서 보았던 그 강아지였어.

*

"에이, 이건 버려야겠다."

개 농장 주인이 어린 강아지를 한 손으로 거칠게 들어 상자에 넣었어. 조금 어두워지자 개 농장 주인은 강아지 담은 상자를 농장과 떨어진 외진 골목에 몰래 버렸지. 그러고는 트럭을 타고 가버렸어.

다음 날 아침 일찍, 손질한 채소를 손수레에 싣고 집을 나서던 할머니가 골목길에 접어들었을 때 이상한 소리가 들려왔어.

"끼잉. 끼이잉."

할머니는 주변을 둘러봤지만 아무도 없었어.

'잘못 들었나.'

할머니가 다시 가려는데 또 같은 소리가 들렸어. 할머니는 소리가 나는 곳을 찾아보았어. 가만히 귀 기울여 보니 골목 한쪽에 쓰레기를 모아두는 곳에서 힘겨운 듯 낑낑거리는 소리가 나고 있었지. 할머니는 수레를 한쪽에 밀어놓고 가까이 다가갔어. 검은색 쓰레기 봉지들 사이에 작은 상자가 보였는데, 어제 내린 비로 상자는 젖어서 금방이라도 찢어질 듯했지. 할머니가 쓰레기 봉지들 사이에서 힘겹게 상자를 들어 올렸는데 조금 묵직했어.

"낑. 끼잉."

아까보다 분명한 소리가 들려왔어. 할머니는 조심스럽게 상자를 열어봤지.

'에구머니나. 누가 여기에 강아지를 넣었다냐.'

상자 안에는 어린 강아지가 오들오들 떨며 엎드려 있었어. 얼마나 그렇게 있었는지, 몹시 지쳐 보였어. 할머니는 누런색의 작은 강아지를 품에 꼭 안았어. 강아지는 품 안에 쏙 들어왔어.

'아, 어떻게…. 얼마나 추웠을까? 괜찮을까?'

재석이는 오들오들 떨고 있는 작은 강아지가 걱정됐어.

할머니는 집으로 강아지를 데리고 와서 부드러운 이불 위에 두고는 미음을 만들어주었어. 배가 고팠는지 강아지는 미음 그릇을 깨끗하게 비웠어.

"아이고, 배가 고팠구먼. 어떤 못된 놈이 이런 일을 했는지. 하마터면 큰일 날 뻔했구먼."

미음을 먹은 강아지는 낯선지 이불 위에서 꼼짝하지 않고 있었어. 할머니가 다가가 따뜻한 손으로 얼굴과 등을 만져주자 그제야 이불 위에 편안하게 엎드리더니 고개를 들었어. 유독 까만 코가 눈에 들어왔지.

"코가 까만 게 이름을 초코라고 할까나? 초코야."

할머니가 부르자 강아지가 대답하듯 고개를 갸웃거렸어. 그리고 일어나더니 주변을 서성거리며 걸었지. 그런데 걷는 게 조금 불편해 보였어. 할머니가 가까이에서 살펴보니 오른발 한쪽이 다 펴지지 못하고 살짝 휘어 있었어.

"아이고, 어쩐다냐."

할머니는 강아지를 보면서 안타깝게 말했어. 강아지는 조금 기우뚱거리며 할머니에게 걸어왔어. 할머니가 강아지를 꼭 안고 말했어.

"요 다리가 불편해서 버렸나 보구먼. 나쁜 사람 같으니라고."

할머니는 강아지를 무릎 위에 올려놓고는 불편한 다리를 부드럽게 만져주었어.

"발발 잘 걸어 댕기면 좋겄구먼. 초코야, 이 할미가 맨날 요로코롬 만져줄 테니께 꼭 낫자. 잉?"

어린 강아지는 알아들었다는 듯 고개를 끄덕였어.

'이름이 초코구나. 초코 다리 많이 아팠겠다.'

재석이는 절뚝이며 걷는 초코가 안쓰러웠어.

"파 한 단만 주세요."

지나가던 아주머니가 말하자 할머니가 깨끗하게 다듬어 놓은 파를 검은 봉지에 넣었어. 할머니 옆에는 초코가 딱 붙어 앉아 있었지. 털 색이 진해지고 몸집도 조금 더 커진 모습이었지.

"못 보던 강아지네요."

"초코라고, 식구가 하나 생겼구먼."

할머니가 파를 아주머니에게 건네고 나서 초코 등을 두어 번 쓰다듬자, 초코는 할머니 손을 핥았어. 그러고는 자꾸만 할머니에게 등을 내밀었지.

"애교가 많네요. 호호."

아주머니가 웃으면서 말했어.

"우리 초코가 어찌나 애교가 많은지, 요즘엔 요 녀석 보는 재미로 산다니께."

할머니는 눈이 안 보이도록 웃으며 초코를 보았어. 할머니는 틈날 때면 초코를 데리고 나와 버스 정류장 근처 공터에서 돗자리를 펴고 채소를 팔았어. 주변을 오고 가거나 버스에서 내린 사람들이 간간이 할머니의 채소를 사 갔지.

'어? 저긴 초코가 매일 앉아 있는 곳인데.'

재석이는 할머니와 초코가 앉아 있는 공터가 낯익었어.

할머니가 가지고 나온 채소가 거의 팔리고 없었어. 집 옆에 작은 텃밭에서 기른 채소들을 파는 거라 양이 많지 않았지.

"초코야, 이제 갈까나."

할머니가 일어서자 초코가 "왕왕." 하고 짖으며 꼬리를 세차게 흔들었어. 할머니가 앉았던 자리를 정리하자, 초코도 주변에 떨어진 채소들을 물어 와 할머니에게 가져다 주었지.

"됐다. 가자."

할머니가 손수레 손잡이를 잡고 걸었어. 초코는 그 옆에서 딱 붙어 걸었지. 길을 다 안다는 듯 저만치 앞서 가다가는 또 할머니 쪽으로 뛰어왔어. 손수레를 밀며 의지해 걷는 할머니 걸음에 맞춰 천천히 걷다가는 또 왕왕 짖으며 뛰어갔지. 그러다가도 "초코야." 하고 할머니가 부르면 득달같이 달려와 할머니 옆에 찰싹 붙어 걸었어.

"잘 걸으니 얼마나 좋은지."

할머니가 초코를 보고 말했어. 눈꼬리에 주름이 잡히도록 환하게 웃는 할머니를 보고 초코는 '왈왈.' 하고 짖었지. 발이 다 나았는지, 초코가 신나게 걷고 뛰고 있었어.

초코와 할머니는 큰길을 따라 걷다 삼거리에서 왼편 골목으로 들어섰어. 조금 걷다 보니 파란 대문의 할머니 집이 보였어. 초코가 짖으며 먼저 대문 안쪽으로 쏙 들어갔어. 할머니가 천천히 따라 들어와 툇마루에 걸터앉았지. 초코가 안아달라는 듯 할머니 앞에서 펄쩍펄쩍 뛰자, 할머니는 초코를 연신 쓰다듬어 주었어. 할머니가 밥을 하고 빨래와 청소를 할 때도 초코는 잠시도 가만히 있지 않고 할머니 옆에 딱 붙어 다녔어.

"초코야, 우리 둘이 요로코롬 재미나게 살자."

할머니가 주름진 손으로 쓰다듬자, 초코도 고개를 주억거렸어.

'이젠 잘 걷네. 다리가 나았나 봐. 정말 다행이야.'

재석이는 잘 걷고 뛰는 초코를 보며 마음을 쓸어내렸어. 그리고 초코가 행복해 보여서 기뻤어.

"집에서 기둘리라니께."

할머니가 초코에게 말했지만, 소용이 없었어. 초코는 할머니 옆에 딱 붙어서 떨어질 줄을 몰랐지. 버스 정류장에 도착하자 할머니가 초코 머리를 쓰다듬으며 말했어.

"오늘은 병원 가는 날이여. 초코야, 할미 후딱 댕겨 올 테니께 집에 가 있어. 알았제?"

할머니가 지팡이를 짚고 버스에 올라탔어. 하지만 버스가 떠나도 초코는 집으로 돌아가지 않았어. 할머니랑 함께 채소를 팔던 버스 정류장 옆 공터에 앉아 있었지. 그러다 버스가 오는 소리가 들리면 부리나케 달려와 내리는 사람들 얼굴을 살폈어. 반나절이 지나서야 할머니가 버스에서 내렸어.

"왈왈왈."

초코가 잔뜩 신이 나서 할머니를 보고 짖었어. 힘껏 꼬리를 흔들며 온몸으로 반겼지.

"여즉 기둘린겨. 버스 옆은 위험하다닝께."

할머니가 두 손으로 초코 얼굴을 어루만지며 말했어. 할머니와 초코는 나란히 집으로 돌아갔지.

"초코야, 비 오니께 오늘은 기다리지 말어. 알았지?"

며칠 뒤 할머니는 다시 병원에 가야 해서 우산을 쓰고 버스에 올랐어. 하지만 초코는 돌아가지 않고 그대로 서 있었지. 할머니가 창으로 초코를 보고 손을 흔들었어. 할머니를 태운 버스가 떠나자 초코는 언제나 그렇듯 버스 정류장 옆 공터에 앉았어. 그러다 버스가 오는 소리가 들리면 잽싸게 정류장으로 달려갔지. 하지만 내리는 사람 중에 할머니는 없었어. 비를 맞으면서 종일 기다렸지만, 할머니를 태운 버스는 결국 오지 않았어.

저녁 늦게야 초코는 집으로 돌아갔어. 툇마루 아래 앉아 할머니가 돌아오기를 밤새 기다렸지. 초코는 다음 날 버스 정류장으로 나갔어. 다음 날도 그다음 날도, 그렇게 며칠이 지났지만 할머니는 돌아오지 않았어.

'어떻게 된 거지? 할머니, 빨리 돌아와요.'

하염없이 기다리고 있는 초코를 보며 재석이는 속으로 간절히 빌었어.

"우리 집으로 가자."

저녁 무렵, 한 아저씨가 공터에 앉아 있는 초코를 억지로 끌고 가려 했어. 술을 먹었는지 많이 휘청거렸어.

"컹컹. 컹컹."

초코는 큰 소리로 짖었어. 그러자 아저씨가 기다란 막대기를 가지고 오더니 위협했어.

"아니, 똥개가 어디서? 이걸 그냥 콱."

"컹컹."

초코가 아까보다 더 크게 짖었어. 시끄럽다며 아저씨가 막대기를 초코 앞에서 마구 휘둘렀어. 그러다 초코 얼굴이 막대기에 찔렸어.

"끄으응."

초코가 아픈지 앓는 소리를 냈어. 하지만 아저씨는 엎드린 초코를 막대기로 여러 번 때리고 나서야 비틀거리는 걸음으로 사라졌지.

"초코야, 너무 아팠지? 초코 눈이 그래서 그랬던 거구나."

끙끙거리는 초코를 보자 재석이는 눈물이 났어. 코코를 어루만지는 재석이 손이 가늘게 떨렸어.

초코는 아침이 되면 어김없이 버스 정류장으로 나갔어. 할머니와 함께 채소를 팔던 버스 정류장 근처 공터에 앉았다가도 버스가 오는 소리가 들리면 또 부리나케 달려갔어.

'왈왈. 왈왈.'

초코가 애타게 짖는 소리를 끝으로 영화는 끝났어.

조명이 밝아졌어. 영화관 안에는 재석이가 훌쩍이는 소리만 들렸지. 코코는 재석이 품이 편안했는지 그새 잠이 들었어. 포포 할아버지가 코코를 안아 포근한 방석 위에 올려두고 나서 재석이에게 손수건을 건네주었어.

"초코가 불쌍해요."

재석이가 눈물을 닦으며 말하자, 포포 할아버지가 고개를 끄덕였어.

"할아버지, 초코는 지금도 할머니를 기다리는 거죠?"

재석이가 울음 섞인 목소리로 물었어.

"그런 것 같구나."

포포 할아버지가 나직하게 말했어.

"그런데 할머니는 왜 안 오시는 거예요?"

재석이가 떨리는 목소리로 묻자 포포 할아버지는 재석이 얼굴을 가만히 쳐다보았어. 부드럽고 따뜻한 눈빛이었지.

"할머니는 돌아가셨단다. 병원에 갔다가 다시 집으로 돌아오지 못했지. 할머니도 마지막까지 초코를 그리워했단다."

"아…."

재석이가 탄식하며 고개를 떨구었어. 눈물이 한 방울 툭 떨어졌어.

"우리 할머니도 그랬어요. 할머니가 오시기를 기다렸는데, 결국 보지 못했거든요. 난 할머니가 너무너무 보고 싶은데 할머니 마지막도 못 봤어요."

재석이가 고개도 못 들고 소리를 죽이며 낮게 흐느꼈어.

"재석아, 실컷 울렴. 괜찮단다. 울고 싶을 때는 마음껏 울어도 돼."

포포 할아버지가 어깨를 가만히 다독이자 재석이의 어깨가 점점 들썩였어. 그러고는 엉엉 큰 소리로 울기 시작했어. 마음 깊은 곳에 꾹꾹 눌러두었던 할머니에 대한 슬픔과 그리움을 토해내듯 더 크게 소리 내어 울었지.

그동안 재석이는 갑작스럽게 찾아온 할머니의 죽음을 충분히 슬퍼하지 못했어. 재석이가 할머니 얘기를 꺼내는 걸 엄마 아빠가 싫어했으니까. 자꾸 생각해 봤자 힘들기만 할 거라며 얼른 이겨내라고 했지. 하지만 재석이는 그럴수록 힘들었어. 표정도 말도 잃어갈 만큼 말이야.

포포 할아버지는 재석이를 가만히 안아주었어. 재석이는 따뜻한 그 품에서 할머니를 부르며 한참을 울었어. 그렇게 펑펑 한바탕 울고 나니 이상하게 홀가분한 마음이 들었어. 마음속이 조금 정리되는 기분이랄까? 재석이가 빨개진 눈으로 할아버지를 보았어.

"포포 할아버지, 할머니가 죽은 것도 모르고 맨날 기다리는 초코가 너무 불쌍해요. 제가 도와주고 싶어요. 얼굴에 난 상처만이라도 치료해 주고 싶은데 어떻게 해야 하죠?"

포포 할아버지가 애틋한 표정으로 재석이를 보며 말했어.

"재석아, 초코가 처음에는 다리가 불편했지만, 완전히 나았지. 그 이유가 뭔지 아니?"

재석이가 궁금하다는 표정으로 포포 할아버지를 쳐다보았어. 할아버지가 입가에 미소를 띠며 말했지.

"할머니는 단 하루도 빠짐없이 초코 다리를 만져주었단다. 휘어진 다리를 바른 방향으로 당겨주며 꼭 나을 거라고 매일 말했지. 휘어진 다리가 정상으로 돌아오는 기적이 일어난 건 이런 할머니의 사랑 때문이란다."

재석이가 고개를 끄덕였어. 그리고 한숨을 쉬며 말했어.

"그런데 전 아직도 잘 모르겠어요. 제가 어떻게 해야 하는 건지."

그러자 포포 할아버지가 영화표를 내밀며 말했어.

"이걸 보렴."

재석이는 포포 할아버지가 내민 영화표를 살펴보았어. 뒤쪽에는 '마음 영화관'이라는 글자와 오늘 날짜가 쓰여 있었고, 앞쪽에는 초코가 환하게 웃으며 뛰어오는 장면이 담겨 있었지. 재석이는 그 모습을 보자마자 흐뭇한 마음이 들었어. 초코가 웃는 모습을 보는 것만으로도 행복했지.

"제가 꼭 이렇게 만들어주고 싶어요."

"초코를 진심으로 사랑한다면 꼭 그렇게 해줄 수 있을 게다."

다짐하듯 말하는 재석이를 보며 포포 할아버지가 빙그레 웃었어. 그리고 재석이 손을 잡으며 말했어.

"재석아, 네가 지금 초코의 행복을 바라는 것처럼 할머니도 이제는 네가 웃기를 바라고 계신단다. 죽은 사람은 누구나 남아 있는 사람의 행복을 바라거든."

고요한 목소리로 말하는 포포 할아버지의 눈에서 재석이는 할머니를 보는 것 같았어. 인자한 얼굴로 늘 사랑한다고 말해주셨던 할머니.

'이젠, 나도 행복해질게. 할머니.'

재석이가 포포 할아버지를 보고 가만가만 고개를 끄덕였어. 그리고 입꼬리를 살짝 당겨 옅은 미소를 지었지.

재석이는 '하늘 동물병원'으로 갔어. 영화관을 나오자마자 그곳이 떠올랐거든. 하지만 동물병원 문 앞에서 한참을 망설였어. 그러다 용기를 내어 문을 열었지. 마침 가게 안에는 하영이가 있었어.

재석이를 보자 놀란 얼굴로 물었지.

"어? 웬일이야?"

재석이는 마음이 두근거렸어. 그동안 친구들과 거의 말을 하지 않아서 입을 연다는 게 생각보다 쉽지 않았으니까. 하지만 재석이는 초코를 생각했어.

"나, 궁금한 게 있어서."

"뭔데?"

재석이는 천천히 초코 얘기를 들려줬어. 그러면서 꼭 치료해 주고 싶다고 말했지. 재석이가 이렇게 길게 누군가와 얘기하는 건 정말 오랜만이었어. 하영이가 재석이 얘기를 다 듣고 말했어.

"우리, 꼭 치료해 주자! 내가 아빠한테 도와달라고 해볼게."

하영이 말에 재석이는 날아갈 듯 기뻤어.

"고…마워."

재석이가 낮게 중얼거렸어.

"너 그런데 말 잘하네."

하영이 말에 재석이의 얼굴이 조금 빨개졌어.

"그런데 치료하려면 초코를 데리고 와야 해. 그럴 수 있어?"

하영이 말에 재석이가 한숨을 쉬었어.

"그런데, 사실 초코가 안 오려고 해. 할머니를 기다리느라 거기에서 꼼짝도 안 하거든."

하영이가 재석이 말을 듣고는 대꾸했어.

"내가 방송에서 봤는데 강아지는 주인이 마음에 들어야 가족으로 받아들인대. 그러면 지옥이라도 쫓아간대. 네가 초코한테 새 가족이 되어주면 어때? 초코가 너를 가족으로 받아들이면 따라오지 않을까?"

"새 가족?"

재석이는 집에서 키울 수 없다는 엄마와 아빠의 말이 생각났지만, 고개를 끄덕였어. 정말 초코의 가족이 되고 싶었으니까.

"가족이 되려면 어떻게 하면 되는 거야?"

재석이가 눈을 빛내며 물었어.

"방송에서 보니까 가족이 되려면 익숙해져야 한다고 했어. 매일 찾아가서 얼굴도 익히고 목소리도 녹음해서 안 보일 때도 계속 목소리를 들을 수 있게 해주래. 그리고 네 옷이나 물건도 옆에 놓아두래. 항상 같이 있는 것처럼 느끼게 말야."

재석이가 고개를 끄덕였어. 그리고 감탄한 듯 물었지.

"넌 그런 걸 어떻게 그렇게 잘 알아?"

"수의사가 되고 싶어서 동물 관련 채널을 구독해서 매일 보거든. 집에서 가을이 키우면서 더 잘 알게 됐고 말이야. 참, 데리고 올

때 이거 줘봐."

하영이는 강아지가 좋아하는 간식과 사료도 챙겨주었어.

"진짜 고마워."

재석이가 웃으며 말했어.

"동물의 생명을 살리는 일인데, 미래의 수의사가 당연히 해야지."

하영이가 활짝 웃었어.

집에 오자마자 재석이는 녹음기에 목소리를 녹음했어.

"초코야, 내가 가족이 되어줄게. 초코야, 사랑해."

그리고 평소에 자주 입는 옷을 챙겼어. 재석이는 녹음기와 옷을 가지고 버스 정류장 근처 공터로 갔어. 초코는 여전히 거기에 웅크리고 있었지. 재석이가 가까이 다가가자 고개를 들어 잠깐 얼굴을 보더니, 이내 관심 없다는 듯 고개를 돌렸어.

"초코야."

재석이가 다정하게 불렀어. 그러자 초코가 고개를 들어 재석이를 쳐다봤어.

"초코야."

다시 한번 재석이가 말하자 초코가 눈을 끔벅거리며 놀란 눈을 했어. 자기 이름을 불러서 살짝 놀란 것 같았지. 재석이는 초코를 쓰다듬어 주고 맛있는 간식을 주었어. 간식을 맛있게 먹은 초코는 재석이 옆으로 다가와 앉았어.

"나랑 같이 갈래?"

재석이가 말했지만 초코는 아직 준비가 안 된 것 같았어. 버스가 오는 소리가 들리면 여전히 버스 정류장으로 뛰어가곤 했으니까. 하지만 재석이는 포기하지 않았어. 초코가 다시 공터로 돌아오자, "초코야, 내일 또 올게." 하고 인사했지.

재석이는 영화관에서 본 것처럼 할머니와 초코가 가던 길을 따라가 봤어. 큰길을 따라 걷다 삼거리에서 왼편 골목으로 들어섰지. 조금 걷다 보니 정말 파란 대문 집이 보였어. 바로 할머니 집이었지. 재석이는 조심스럽게 문 안으로 들어갔어. 영화관에서 보았던 툇마루와 그 아래 초코의 먹이 그릇도 그대로 있었어. 재석이는 먹이 그릇에 준비해 온 사료와 간식을 듬뿍 놓아두었어. 그리고 가까이에 옷가지와 녹음기를 두었지.

'초코야, 매일 내 목소리 들어. 알았지?'

재석이는 녹음기를 켜둔 채로 밖으로 나왔어. 저녁 무렵이 되자 초코는 집으로 돌아왔어. 무척이나 지친 모습이었어. 하지만 먹이 그릇에 있는 사료를 보고는 허겁지겁 먹기 시작했지. 얼마 만에 먹는 사료였는지 몰라. 그리고 킁킁 옷 냄새를 맡고는 그 위에 올라가 앉았어. 초코의 귀에 밤새 재석이 목소리가 들려왔어.

"초코야, 내가 가족이 되어줄게. 초코야, 사랑해."

다음 날 재석이는 또 초코를 찾아가서 소시지를 내밀었어. 초코는 기다렸다는 듯이 편하게 받아먹었어. 다 먹고는 재석이 손을 쳐다보았지.

"이젠 전보다 더 잘 먹네."

재석이가 기뻐하며 호주머니에 손을 넣었는데, 남은 소시지가 없었어. 어떻게 해야 하나 고민하고 있는 재석이 앞으로 누군가 불쑥 소시지를 내밀었어.

"야, 이거 줘봐."

돌아보니 언제 온 건지, 같은 반 정준이가 서 있었어. 배드민턴 잘 치기로 학교에서 꽤 유명한 아이였지만, 공통점이 거의 없는 둘은 얘기를 나눠본 일도 거의 없었지.

"어? 어떻게?"

재석이가 놀라서 물었어.

"내가 다니는 배드민턴 클럽이 이 근처야. 며칠 전부터 지나갈 때마다 네가 여기에서 이러고 있는 게 보이더라. 오늘은 무슨 일인지 궁금해서 와봤어. 그런데 딱 잘 맞춰 온 거 같네?"

정준이가 히죽 웃으며 재석이 옆에 앉았어.

"나 운동 끝나고 먹으려고 샀던 건데 이거 좀 줘봐. 얼른."

재석이는 정준이가 내민 소시지를 초코에게 내밀었어. 초코는 냉큼 받아먹었지.

"네 강아지야?"

정준이가 초코를 보며 물었어. 재석이는 차분히 초코의 이야기를 들려주었어. 이야기를 다 들은 정준이는 주머니에 있던 소시지 세 개를 모두 꺼내 내밀었어.

"지금도 잘 따르네. 초코 가족 되는 거 성공할 것 같은데?"

정준이의 말에 재석이는 소리 없이 빙긋 웃어 보였어. 그 말을 들으니 금방이라도 가족이 될 것 같은 생각에 기분이 좋았거든.

"운동 시간 돼서 먼저 간다."

"어, 잘 가…."

일어나는 정준이에게 재석이는 어색하게 손을 흔들었어. 정준이는 씩 웃으며 뛰어갔지.

재석이는 다음 날도 그다음 날도 매일 공터에 가서 초코의 이름을 부르며 쓰다듬어 주었어. 그리고 할머니 집으로 가서 사료를 놓아두었지. 그렇게 열흘쯤 지났을까, 그날도 재석이는 버스 정류장 근처 공터에서 이름을 불렀어.

"초코야."

그런데 초코가 재석이를 향해 달려오는 거야. 기다렸다는 듯 꼬리까지 흔들면서 말이야. 처음 있는 일이었어. 터질 것 같은 가슴을 누르며 재석이는 초코의 등을 쓸어주고 맛있는 간식을 주었어.

"초코야, 이제 같이 가자. 내가 가족이 되어줄게."

초코의 눈을 보며 말하는 재석이에게 초코는 "왈왈." 하고 짖었어. 알겠다는 듯 고개도 끄덕이는 것 같았지.

그때, 버스 한 대가 들어오는 게 보였어. 재석이는 평소처럼 버스를 향해 몸을 돌리려 하는 초코를 향해 "초코야, 이리 와." 하고 불렀어. 그러자 초코가 가려던 걸음을 멈추더니 재석이를 향해 돌아서 다가오는 거야. 재석이는 너무 기뻐서 눈물이 날 것 같았어.

"초코야, 가자."

재석이가 앞장서자 초코는 재석이 옆에 바짝 붙어 섰어. 둘은 나란히 파란 대문의 할머니 집으로 갔어. 재석이가 툇마루에 걸터앉자 초코는 툇마루 아래에 앉아 할머니를 바라보듯 재석이를 올려다보았지.

'할머니, 제가 초코 잘 키울게요.'

재석이는 진심을 담아 거실에 걸린 할머니 사진을 보며 말했어. 할머니가 그러라며 미소 짓는 것 같았지.

"초코야, 이제 진짜 가자."

재석이가 말하자 초코는 집을 한 번 쭉 훑어보았어. 할머니에게 인사라도 하는 듯 가만히 집 여기저기를 바라보며 킁킁대더니 천천히 파란 대문 밖으로 나왔어.

재석이는 초코를 데리고 하늘 동물병원으로 갔어. 하영이가 미리 얘기해 놓아서 그런지, 하영이 아빠가 반갑게 맞아주셨어.

"어디 볼까?"

하영이 아빠는 초코의 상태를 보며 진료를 해주었어. 그동안 재석이는 초조하게 기다렸지. 잠시 후 진료를 끝낸 하영이 아빠가 초코를 데리고 나왔어.

"괜찮아요?"

하영이와 재석이가 동시에 물었어.

"어디에 찔렸는지 눈 아래에 상처가 깊이 났고 고름도 생겼단다. 다행히 치료 시기를 놓치지 않아서 수술하면 괜찮아질 거야. 자칫하면 실명까지 되었을지도 몰라."

재석이는 막대기를 휘두르던 아저씨가 생각났어. 화가 났지만 그래도 수술하면 괜찮아질 거라는 말에 마음이 놓였어.

수술은 다행히 잘 되었어. 그리고 재석이가 정성껏 돌봐준 덕에 다시 애교 많은 초코가 되었지. 귀엽고 사랑스러운 초코로 돌아온 거야. 초코는 재석이를 무척 잘 따랐는데, 재석이가 학교에서 돌아오면 꼬리를 흔들고 온몸으로 반가워했어. 처음에는 강아지를 어떻게 키우냐고 반대했던 엄마와 아빠도 그사이에 초코에게 정이 들었어. 무엇보다 초코가 집으로 온 뒤로 재석이가 많이 달라졌거든. 할머니가 계셨을 때처럼 잘 웃고 조잘조잘 말도 잘 했으니까. 초코가 오자, 마치 할머니가 다시 온 것처럼 집안이 환하고 따뜻해졌지.

"왈왈."

산책 갈 시간은 2시쯤인데, 초코는 1시부터 현관문 앞에 나와 간절한 눈빛을 보내고 있어.

"알았어. 알았다고."

재석이가 바삐 나갈 채비를 했지.

"엄마, 아빠. 나 초코랑 산책하고 올게."

가게에 전화하고 나서 재석이는 초코에게 목줄을 채우고 나섰어. 밖에 나오자마자 시원한 바람이 좋은 듯 초코가 꼬리를 흔들었지. 재석이는 초코와 함께 마음 영화관이 있던 곳으로 가봤어.

'분명 여기쯤이었던 것 같은데.'

하지만 아무리 둘러봐도 영화관은 보이지 않았지. 그런데 그때 초코가 가고 싶은 곳이 있는 듯, 앞서 나가며 목줄을 잡아당겼어.

초코가 좋아하는 곳은 바로 강아지 공원이야. 지난번에 하영이랑 하영이의 반려견인 가을이와 같이 갔던 곳인데, 자유롭게 뛰어다닐 수 있어서 좋아했거든. 재석이는 초코를 데리고 강아지 공원으로 갔어. 목줄을 풀어주자 초코는 기다렸다는 듯 마구 달리기 시작했어. 신나서 쌩하고 바람을 가르며 저만치 달려갔다가도 재석이가 "초코야!" 하고 부르면 재석이를 향해 환하게 웃으며 뛰어왔어. 포포 할아버지가 재석이에게 주었던 영화표에 있던 모습 그대로 말이야. 재석이는 포포 할아버지가 생각났어.

'포포 할아버지, 감사해요. 초코랑 저는 더 행복해질 거예요.'

속으로 그렇게 다짐하며 재석이는 미소를 지었어. 그리고 초코를 부르며 뛰어갔어. 초코도 경쾌하게 짖으며 재석이의 품으로 와락 달려들었어.

"보기 좋구나."

마음 영화관에서 이 모습을 보고 있던 포포 할아버지가 코코의 머리를 부드럽게 쓰다듬었어.

"고롱. 고로롱."

코코도 만족스럽다는 듯 포포 할아버지의 무릎을 베고 낮게 고로롱거렸어. 그러고는 할아버지 품으로 파고들면서, 기분 좋은 양 작고 하얀 앞발을 꾹꾹 눌러댔지. 마음 영화관 안으로 길게 들어온 눈부신 햇살을 받으며 코코의 눈꺼풀이 사르르 감겼어. 포근한 잠이 나른하게 쏟아져 내리는 몽글몽글한 오후였지.

‘명수가 배드민턴부에 들어온 건 아빠 때문이었구나.
난 그것도 모르고 그렇게 할 거면 그만두라고 소리 질렀는데.’
정준이는 명수와 명수 아빠의 모습을 보면서 모질게 말했던 게 후회되었어.

4

최고의 파트너가 될 수 있어!

_ 정준

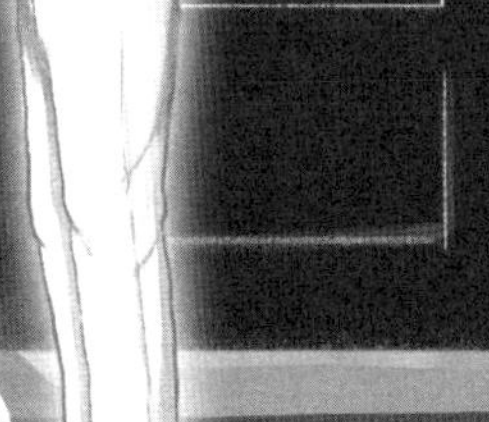

정준이는 배드민턴 치는 걸 좋아하고 실력도 뛰어나. 동네에서도 '이정준' 하면 '배드민턴 소년'이라고 통할 만큼 유명하지. 얼마 전에는 텔레비전에서 하는 '배드민턴의 달인' 편에도 출연했는데, 한 번에 날아오는 세 개의 셔틀콕을 완벽하게 받아내고, 셔틀콕을 쳐서 쌓아놓은 스택스 컵을 무너뜨리는 도전에 성공하면서 이름이 꽤 알려졌지.

정준이가 배드민턴을 잘 치는 건 아빠 덕분이야. 정준이 아빠는 대학 시절 배드민턴 동아리 회장을 했고, 상도 여러 번 받을 만큼 배드민턴을 잘 치셨거든. 결혼 후에도 일주일에 두세 번씩 배드민턴 클럽에 가곤 했는데, 그때마다 정준이를 데리고 갔어. 정준이가 라켓을 들 수 있었던 여섯 살 때부터 배드민턴을 가르쳐 주셨고, 셔틀콕을 제법 받아넘기기 시작하자 정식으로 배드민턴 치는 법을 알려주었지. 정준이는 틈날 때마다 아빠와 같이 배드민턴을 치면서 실력이 날로 좋아졌고, 초등학교 5학년이 된 지금은 웬만한 어른도 당하지 못할 만큼 배드민턴을 칠 수 있게 되었지.

하지만 아빠가 바빠지면서 배드민턴 클럽에 나가지 못하는 날이 많아지자 정준이도 배드민턴을 자주 칠 수 없었어. 배드민턴 칠 때가 제일 재미있고 행복했는데 말이야. 동네에서나 학교에서 친구들과 재미로 치는 건 하나도 만족스럽지 않았지. 그런데 좋은 기회가 생겼어. 학교에 방과 후 배드민턴 동아리가 생긴다고 했거든. 정식 코치 선생님도 오시고 말야. 정준이는 배드민턴 동아리를 모집한다는 가정통신문이 나오자마자 신청서에 이름을 적어 냈어. 그리고 동아리가 시작되기를 기다렸지.

드디어 동아리 첫날이야. 정준이는 수업이 끝나자마자 강당으로 달려갔어. 5, 6학년 아이들이 모여 있었지. 수업 전 매일 아침 7시 30분부터 한 시간가량 훈련이 있어서인지, 생각보다 인원이 많지 않았어.

"야, 방송에 나왔던 애다."

"아, 이정준. 나도 봤어."

정준이가 강당에 들어서자 애들이 수군거렸어. 정준이는 애들이 알아봐 주는 게 싫지 않았지.

새로 온 코치님이 출석부를 보고 애들 이름을 불렀어. 5학년 여덟 명, 6학년 열 명이었어.

"반갑다. 김석준이라고 한다. 중학교까지 배드민턴 선수 생활을 했고, 작년까지 다른 학교에 있다가 올해 오게 되었다. 듣기로는 배드민턴부가 이번에 처음 생긴 거라던데, 열심히 연습해서 좋은 결과가 있으면 좋겠다."

정준이와 애들은 코치님 말에 고개를 끄덕였어.

“우선 한 달 뒤에 학교 대항 스포츠 대회가 있다. 우리 학교도 출전하려고 하는데, 오늘은 각자 파트너를 정할 거다. 복식으로 대회를 나갈 거라서 파트너와 호흡을 맞추는 게 가장 중요하니까.”

첫날부터 대회라는 말에 정준이는 바짝 긴장한 표정이었어.

“코치님, 파트너는 어떻게 정해요?”

6학년 한 아이가 궁금하다는 듯 물었어.

“너희들은 어떻게 정하고 싶은데?”

“하고 싶은 애랑 하면 같이 안 돼요?”

친구와 둘이 왔는지 아까부터 떠들고 있던 여자아이 중 한 명이 눈치를 보며 물었어.

“음, 그럼 일단 같은 학년끼리 하고 싶은 애랑 나란히 서봐.”

코치님 말에 아이들은 서로 이름을 부르면서 파트너를 찾았어. 대부분 이미 알고 있던 아이나 친한 아이와 파트너가 되었지. 6학년은 금세 파트너를 정했어. 5학년 여자아이는 둘 뿐이라 자연스럽게 짝이 되었고. 5학년 남자애들만 파트너를 정하지 못한 채 서성이고 있었어. 한 명을 빼고는 모두가 정준이와 파트너가 되고 싶어 했거든. 정준이는 기분이 좋으면서도 멀찌감치 따로 서 있는 애가 은근히 신경 쓰였지.

"모두 정준이하고 짝이 되겠다고 하면 어떻게 하냐? 이정준, 네가 파트너를 선택할래?"

코치님이 정준이를 보고 묻자마자 한 아이가 불평하듯 말했어.

"코치님, 정준이한테 제비뽑기 하라고 하면 안 돼요? 그게 공평하잖아요."

"그래요. 뽑기로 정해요."

5학년 남자아이들이 한목소리로 말했어.

"좋다. 그럼 뽑기로 할 테니까 결과에 대해서는 누구도 불평하지 않는다. 알았지?"

코치님 말에 아이들이 고개를 끄덕였어.

"한명수."

선생님이 부르자 혼자 멀찍이 서 있던 애가 돌아봤어.

"너도 이름 넣는다."

그 아이는 뚱한 표정으로 정준이를 흘끗 보더니 고개를 끄덕였어. 정준이는 의기소침하게 멀찍이 서 있는 명수가 왠지 마음에 들지 않았어. 선생님은 정준이를 제외한 다른 아이들의 이름을 쪽지에 적어 통 안에 넣었어.

"정준아, 한 개 뽑아라."

정준이는 살짝 두근거렸어. 잘할 자신이 있어서 누구와 파트너가 돼도 상관은 없었지만, 이상하게 마음에 들지 않는 한명수, 그 애만은 뽑고 싶지 않았거든. 정준이는 종이 한 장을 꺼내 선생님께 드렸어. 선생님이 확인하고는 이름을 불렀어.

"한명수."

명수가 좋은 건지 아닌 건지 알 수 없는 표정으로 정준이 옆으로 걸어왔어.

'왜 하필이면 재냐.'

정준이는 마음이 내키지 않았어. 하지만 아무렇지 않은 척했지. 모두 파트너를 정하고 나서 코치님이 말했어.

"내일 아침부터 훈련할 테니까 늦지 않게 오고. 오는 대로 네트 치고 파트너랑 난타부터 하고 있어라. 알았지?"

"네."

"2주 뒤에 학교 대표 복식팀을 선발할 거야. 서로 호흡 맞춰가면서 자주 만나서 연습하라고 원하는 사람끼리 파트너 하도록 한 거니까 시간 날 때마다 연습할 수 있도록. 오늘은 여기까지."

코치님이 나가자 몇몇 아이들은 바로 파트너와 연습을 시작했어. 선발 대회 날짜가 촉박해 하루라도 더 연습이 필요했으니까. 정준이도 두리번거리며 명수를 찾았어. 그런데 명수는 벌써 강당 밖으로 나가버린 뒤였지.

'아, 파트너 잘못 걸렸다. 짜증 나.'

정준이는 다른 애들이 배드민턴 치는 모습을 보다가 그냥 나와 버렸어.

다음 날 아침 정준이는 조금 일찍 강당에 갔어. 시작 10분 전이었는데도 벌써 여러 명이 나와서 파트너끼리 배드민턴을 치고 있었어. 정준이는 가볍게 몸을 풀고 명수가 오기를 기다렸어. 그런데 훈련 시간이 지났는데도 명수가 오지 않았지. 정준이는 슬슬 화가 치밀었어. 코치님이 오고 아이들이 두 줄로 강당을 뛰었어. 두 바퀴쯤 돌았을 때 문이 열리더니, 명수가 헉헉대며 들어왔어. 떡 진 머리에 세수도 안 했는지 부스스한 얼굴이었지.

"첫날부터 지각이냐? 제대로 할 거 아니면 애초부터 그만둬."

쩌렁쩌렁한 코치님 목소리가 강당을 울렸어. 명수는 고개를 푹 숙이고 터벅터벅 정준이 옆으로 와서 섰어. 슬쩍 보니 셔츠 단추도 잘못 채워져 있고 양말도 짝짝이에 코까지 훌쩍거리고 있었어. 정준이는 얼굴을 찌푸렸어. 왜 늦었냐고 한마디 쏘아붙이려다, 첫날부터 다투고 싶지 않아 그냥 두었지.

코치님은 우선 기본적으로 알아야 할 배드민턴 규칙과 앞으로의 훈련 방법에 대해 알려주었어. 그리고 앞으로 지각하면 그날은 강당 청소를 해야 한다고 당부하셨고, 그렇게 훈련이 마무리되었어. 강당을 나오며 정준이는 입을 삐죽 내밀고 명수를 몰래 흘겨보았어. 아무래도 파트너를 잘못 만났다는 생각만 들었지.

방과 후에 배드민턴부 아이들이 다시 강당에 모였어. 코치 선생님은 아이들을 정렬시키고 앞에 섰어.

"배드민턴 승패의 판가름은 풋워크에 있다. 배드민턴 경기가 라켓으로 셔틀콕을 쳐내는 동작이기 때문에 강하고 빠른 스윙이 중요하다고 생각하겠지만, 좋은 공격이나 리시브를 위해서는 민첩한 풋워크가 가장 중요하다. 셔틀콕이 떨어지는 곳으로 빨리 이동해서, 스트로크하고 다시 홈 포지션으로 돌아와야 하는 거야. 배드민턴은 손으로 하는 게 아니라 발로 하는 거라는 걸 명심해라."

코치님이 설명 후 한 팀씩 코트로 불렀어. 그리고 콕을 앞뒤, 좌우로 끊임없이 보내면서 받아치게 했지. 드디어 정준이와 명수 차례가 되었어.

"더 빠르게. 그렇지. 좋아."

정준이와 명수는 처음 얼마간은 콕을 잘 받아넘겼어. 정준이는 명수가 생각보다 실력이 나쁘지 않다고 생각했어. 하지만 그 생각도 잠시, 명수는 금방 지쳐버린 표정이었어.

"얼른 자리로 돌아가. 위치 바로잡고. 명수 안 뛰냐?"

코치님이 보낸 콕을 정준이는 민첩하게 쳐내고 얼른 자기 자리로 돌아왔어. 하지만 명수는 계속 실수하기 시작했지. 콕을 제대로 넘기지 못하고 스텝도 엉망이었어. 그러다 결국 스텝이 꼬이더니, 미끄러져 넘어졌어.

"스텝을 잘 잡아야 넘어지지 않는 거야. 오늘은 여기까지 하자."

코치님이 말했어. 명수는 힘든지 넘어진 자세 그대로 코트에 앉아 있었지. 머리와 얼굴에서는 땀이 비 오듯 떨어졌고, 옷도 흥건하게 젖었지. 정준이는 얼굴에 맺힌 땀을 수건으로 닦았어. 명수가 정준이를 올려다보며 손을 뻗었어.

"나도 수건 좀…."

정준이는 새빨개진 얼굴로 콧물까지 훌쩍이는 명수에게 자기 수건을 주고 싶지 않았어.

"너 오늘 씻기는 했냐?"

결국 한마디 쏘아붙였지. 명수가 달아오른 얼굴로 정준이를 노려봤어.

"한명수, 내일부터는 복장 제대로 입고 와. 그렇게 두꺼운 남방을 입고 오면 배드민턴 치겠냐? 수건도 좀 챙겨 오고."

코치님이 지나가다 명수에게 수건을 건네며 말했어. 명수는 수건으로 연신 땀을 닦으면서 고개를 끄덕였어. 코치님이 뒤돌아서며 한숨을 쉬었어. 정준이 역시 비웃는 표정으로 명수를 보았어. 명수의 따가운 시선이 느껴졌지만, 정준이는 그냥 뒤돌아서 강당을 나와버렸어.

1층 현관 밖에서 재석이가 기다리고 있었어. 재석이가 방과 후 수업을 하는 화요일은 정준이와 끝나는 시간이 엇비슷해 같이 집으로 가곤 했거든. 정준이는 재석이를 보자마자 한숨을 쉬었어.

"휴, 진짜 마음에 안 들어."

"왜? 무슨 일 있었어?"

"너 한명수 알아?"

"명수? 잘 알지. 3학년 때 같은 반이었어."

"어떤 애야? 내 파트너인데 완전 별로야."

정준이가 짜증 나는 투로 말했어.

"우리 반 반장이었는데 애들하고도 잘 어울리고 공부도 잘했어."

"말도 안 돼."

"정말이야. 운동도 잘해서 우리 반에서 체육 할 때마다 명수가 시범 보이곤 했는걸."

재석이 말에 정준이가 황당하다는 표정을 지었어. 그리고 오늘 있었던 일을 말해주었지. 정준이 얘기를 듣고 나서 재석이는 고개를 갸웃거렸어.

"이상하다. 한 번도 지각했던 적 없었는데."

"아무래도 안 되겠어. 코치님한테 파트너 바꿔달라고 말해봐야지. 솔직히 나, 배드민턴으로 져본 일이 없거든? 게임은 당연히 이기려고 하는 건데 한명수 걔하고는 그럴 가능성이 하나도 없다니까."

정준이 표정이 딱딱하게 굳어졌어.

아침 시간과 방과 후에 배드민턴 연습이 계속되었어. 다른 애들은 조금씩 파트너와 호흡을 맞춰가고 있었지만, 정준이와 명수는 전혀 그렇지 못했어. 훈련 시간에 종종 늦고 늘 뚱한 표정에 꾀죄죄한 명수를 정준이가 은근히 무시하고 있었거든. 명수도 그런 정준이가 좋을 리 없었지. 그렇게 배드민턴이 시작된 지 일주일쯤 지났을 때, 코치님이 전체 아이들에게 말했어.

"복식 경기는 두 명의 선수가 함께하는 경기다. 단식보다 랠리가 길고 빠르기 때문에 적극적인 자세가 필요하지. 무엇보다 파트너와의 호흡이 가장 중요해. 서로를 믿고 칠 수 있어야 경기가 가능하다."

코치님은 정준이와 명수를 똑바로 바라봤어. 정준이와 명수 때문에 얘기하고 있는 게 분명했지.

"개인 실력이 아무리 뛰어나도 소용없다. 지금 와서 파트너를 바꿀 수도 없고. 앞서 말했듯 일주일 뒤에 교내 경기를 통해 학교 대표를 뽑을 거다. 오늘은 시합 관련 코치들 모임이 있어 나는 먼저 가지만, 너희들은 훈련 시간을 다 채우고 간다. 알았나?"

"네."

아이들이 한목소리로 대답했어. 코치님은 강당을 나가면서 정준이를 슬쩍 쳐다봤어. 사실 며칠 전에 정준이가 코치님한테 파트너를 바꿔달라고 했거든. 생각해 본다고 했지만, 결국 파트너 교체는 없다는 걸 확실하게 알려준 거지. 정준이의 표정이 실망으로 일그러졌어.

코치님이 나가고 나서 정준이와 명수는 다른 5학년 남자 복식팀과 연습 경기를 했어. 처음에는 정준이와 명수가 앞서는가 싶더니, 점점 둘의 호흡이 맞지 않았어. 정준이와 명수 사이에 빈 공간이 많아지고, 넘어오는 콕을 아무도 치지 않거나 둘이 한꺼번에 치려고 달려들기도 했지. 상대 팀이 그렇게 잘하는 팀이 아니었는데도 점점 점수가 벌어졌어. 명수는 긴장했는지 좀처럼 하지 않았던 서

브도 실수했어. 정준이는 점수가 계속 벌어지자 화가 났어.

"야, 그것도 못 하냐?"

정준이가 명수를 보며 비아냥거렸어. 명수 얼굴이 붉으락푸르락해졌지. 그러고는 넘어오는 쉬운 콕도 받아넘기지 못했어.

"하하하, 맨날 늦더니 꼴좋다."

정준이가 명수를 깔보며 비웃었어.

"그만해."

명수가 씩씩대며 맞받아 소리쳤어.

"야, 그렇게 못 치면 창피해서라도 그만두겠다. 도대체 배드민턴은 누구한테 배운 거냐?"

정준이가 계속 비아냥거리자 갑자기 명수가 라켓을 내던지고 정준이에게 달려들더니 멱살을 잡았어.

"이거 놔."

정준이는 명수를 힘껏 밀어버렸어. 명수가 벌러덩 바닥으로 넘어졌어.

"이게."

명수가 정준이에게 달려들었어. 둘은 서로 엉겨 붙어 싸웠어. 아이들이 말렸지만 소용없었지. 둘은 바닥을 구르며 서로 주먹을 휘둘렀어. 그러다 명수가 휘두른 주먹이 정준이 콧등을 때렸고, 코에서 코피가 터졌지.

"억."

정준이가 코를 움켜쥐었어.

"그러니까 왜 자꾸 건드려! 에이 씨."

명수는 강당 문을 쾅 닫고는 나가버렸어. 그 모습을 어이없는 얼굴로 보고 있다가 정준이도 화가 나서 밖으로 나와버렸지.

정준이는 생각할수록 화가 치밀었어.

'처음부터 명수 자식 마음에 안 든다 했더니….'

정준이는 주머니에 두 손을 찔러넣은 채 고개를 푹 숙이고 터덜터덜 걸었어. 그러다 지나가는 누군가와 부딪혔지.

"아이코."

정준이와 부딪힌 할머니가 바닥으로 장바구니를 떨어뜨렸어. 사과 몇 개가 여기저기로 나뒹굴었어.

"죄송해요. 할머니."

정준이는 얼른 사과하고는 떨어진 것들을 주워 담았어.

"아니야, 나도 길을 잘 몰라서 헤매다 부딪친걸."

할머니가 눈이 침침한지 돋보기안경을 슬쩍 내리고 눈을 끔벅이며 정준이를 보았어. 머리까지 새하얀 모습이, 나이가 꽤 많아

보였어.

"어디를 찾으세요?"

정준이가 물었어.

"아파트는 올 때마다 헷갈린다니까."

할머니가 손에 들고 있던 쪽지를 내밀었어. 주름이 자글자글한 손과는 어울리지 않는 귀여운 노란 방울이 달린 팔찌가 한복 소매 사이로 얼핏 보였지. 정준이가 종이에 적힌 약도를 보며 말했어.

"여기서 금방이에요. 앞으로 쭉 가다가 사거리 약국에서 오른쪽으로 돌면 큰 슈퍼가 있는데…."

얘기하면서 옆을 보니 할머니는 전혀 모르겠다는 표정을 짓고 있었어.

"저를 따라오세요. 장바구니는 제가 들게요."

정준이는 장바구니를 들고 할머니보다 조금 앞서 걸었어. 장바구니는 보기에도 약해 보이는 할머니가 어떻게 들고 오셨나 싶을 정도로 무거워, 두 팔에 힘이 들어갔지.

"고마워, 학생."

할머니는 다행이라는 얼굴로 정준이 옆에 붙어 서더니, 정준이 코를 가리키며 물었어.

"근데 다친 거야?"

"그냥 조금요."

정준이가 머리를 긁적거렸어. 그러자 할머니가 한복 치마 안쪽에서 반창고 하나를 꺼내 내밀었어.

"이거 붙여봐."

"괜찮아요."

"얼른 붙여. 어른이 주면 받는 거야."

할머니 말에 정준이는 반창고를 붙였어. 그런데 신기하게도 붙이자마자 욱신거림이 느껴지지 않았어. 정준이는 얼떨떨한 기분으로 코를 만져봤어. 이상하게 하나도 아프지 않고, 부기도 가라앉은 것 같지 뭐야. 할머니가 그런 정준이를 보며 빙긋 미소지었지.

"할머니, 다 왔어요. 여기예요."

정준이가 걸음을 멈추고 장바구니를 건넸어.

"맞네."

할머니가 주변을 두리번거리더니 만족한 얼굴로 말했어. 그러고는 장바구니에서 사과 하나를 꺼내 주었지.

"싸운 친구랑 나눠 먹어."

"네?"

정준이가 놀라 눈을 동그랗게 떴어.

"그리고 이거."

할머니가 한복 치마 주머니에서 하얀 봉투 하나를 꺼내 내밀었어.

"괜찮아요."

"어른이 주면 그냥 받는 거야. 그럼 또 보자고."

할머니가 묘한 표정으로 잘 가라는 손짓을 하고는 현관 입구로 들어갔어.

"내가 싸운 걸 어떻게 알았지? 그리고 또 보자고?"

정준이는 봉투는 열어보지도 않은 채 할머니가 들어간 현관을 멍하니 바라보다 밖으로 나왔어.

정준이가 아파트 정문을 막 나왔을 때야. 허름한 가게 하나가 이상하게 눈을 사로잡았지. 들어갈 때는 전혀 보이지 않았던 가게였는데 신기하게도 정준이가 오기를 기다리고 있는 것 같았어. 강한 이끌림에 가게 앞으로 다가가니 '마음 영화관'이라는 간판이 보였지.

'이런 곳이 영화관이라고? 이름 한번 특이하네.'

가게를 살펴보고 있는데 문이 열리더니 한 할아버지가 나왔어. 은발에 하얗고 동그란 안경을 낀 할아버지였지. 할아버지는 호기심 가득한 얼굴로 정준이를 보며 말했어.

"마음 영화관에 온 걸 환영한다. 나는 이곳의 주인 포포란다."

"아, 안녕하세요?"

정준이가 머뭇거리다 고개를 숙였어.

"오늘 기분이 별로인가 보구나. 배드민턴 치다가 안 좋은 일이 있었던 게로군."

포포 할아버지가 입꼬리를 살짝 올리고 가벼운 미소를 지으며 말했어.

"네? 그걸 어떻게 아세요?"

"이곳에 있으면 다 알 수 있단다."

"여기가 뭐 하는 곳인데요?"

"사람들의 마음을 볼 수 있는 영화관이지. 허허허."

할아버지가 너털웃음을 터뜨렸어.

'마음을 볼 수 있는 영화관?'

도무지 뭐가 뭔지 모르겠다는 얼굴로 정준이는 가게 주변을 둘러보았어. 그러다 유리창에 붙어 있는 포스터를 발견하고는 눈이 커다래졌지. 포스터에는 명수가 배드민턴 라켓을 들고 밝게 웃고 있었거든.

"어? 얘는?"

"친구인가 보구나."

"친구 아니에요. 알기는 하지만."

정준이가 뾰로통한 얼굴로 말했어. 포포 할아버지는 그런 정준이를 보고 부드럽게 미소지었지.

"그런데 혹시 얘가 영화에 나오는 거예요?"

정준이가 궁금한 듯 묻자, 할아버지가 고개를 끄덕였어.

"그럼 저도 영화를 볼 수 있나요? 얘한테 좀 궁금한 게 있거든요."

"물론이란다. 초대장만 있다면."

"그런 건 없는데…."

정준이가 아쉬운 표정을 짓자, 할아버지가 정준이 손에 있는 봉투를 가리키며 말했어.

"그걸 열어보렴."

정준이가 봉투를 열자 은은한 빛을 내며 '마음 영화관 초대장'이란 글자가 쓰인 종이가 보였어. 정준이의 입이 떡 벌어졌어. 포포 할아버지는 웃으며 정준이가 들고 있는 봉투에서 초대장을 꺼냈어. 그리고 초대장에 그려진 황금별 위에 오른손을 가볍게 올려놓았지. 그러자 황금별이 반짝반짝 빛을 내다 사방으로 황금가루를 뿌려대며 초대장과 함께 사라졌어.

"이제 들어갈까?"

마음 영화관 문을 열며 포포 할아버지가 다정하게 말했어.

정준이는 얼이 빠진 채 할아버지를 따라서 안으로 들어갔어. 가게 안은 포근해 보였어. 은은한 조명과 군데군데 세워져 주황빛으로 일렁이고 있는 촛불이 분위기를 아늑하게 만들었지. 정준이는 라켓 가방을 한쪽에 내려두고는 가게 안을 둘러봤어. 명수 모습이 담긴 크고 작은 포스터가 보였는데, 그중에서도 라켓을 든 채 환하게 웃고 있는 모습이 눈에 자꾸 들어왔지.

'얘가 이렇게 웃기도 하는 애였나?'

정준이는 입을 크게 벌리고 웃는 명수의 모습이 낯설었어. 늘 꾀죄죄한 얼굴에 뚱하거나 화를 내는 모습만 봤으니까.

"자리에 앉으렴. 곧 영화가 시작될 거란다."

포포 할아버지 말에 정준이는 가운데 놓여 있는 녹색 의자에 앉아 커다란 화면을 응시했어. 치지직거리며 영사기가 돌아가는 소리가 들리더니 주위가 어두워지고 스크린이 조금씩 밝아지기 시작했어.

*

"명수야, 임팩트 살려서 강하게. 그렇지!"

명수가 넘어오는 셔틀콕을 강하게 쳐서 받아넘겼어. 셔틀콕이 포물선을 그리며 넘어갔지.

"좋아, 힘 빼고 끝까지 공을 보고. 어이쿠."

아빠가 서 있는 코트에서 쿵 소리가 났어.

"아빠, 괜찮아요?"

명수는 놀라서 얼른 아빠에게 달려갔어. 아빠가 겸연쩍어하며 엉거주춤 일어났지.

"괜찮아. 발이 미끄러졌네. 이젠 아빠가 명수한테 밀리는걸."

아빠의 멋쩍은 웃음에 명수도 수줍은 듯 웃었지.

배드민턴을 다 치고 나서 아빠는 명수를 고깃집으로 데리고 갔어.

"엄마가 그러던데, 너 갈비 먹고 싶다고 했다면서? 엄마는 형 친구 생일파티에서 같이 저녁 먹고 온다니까 오늘은 둘이 실컷 먹자."

아빠가 웃으며 연신 고기를 구워 명수 밥 위에 올려주었어.

"명수야, 아빠랑 주말마다 배드민턴 치는 거 힘들지 않아?"

"재미있어요."

명수가 입안 가득 고기쌈을 넣으며 말했어.

"형은 조금 치다가 안 한다고 가버리는데, 명수 너는 끈기 있게 하는 걸 보면 대단하단 말이야. 명수야, 이참에 우리 배드민턴 대회 한번 나가볼까?"

“대회요?”

“그래. 아빠가 보니까 네 실력이면 동호인 대회에 나가도 되겠어. 친선 경기니까 부담 갖지 말고 재미로 한번 나가보자. 지난번에 아들이랑 같이 나온 팀이 있었는데 은근히 부럽더라니까.”

아빠가 눈을 반짝이며 명수를 보았어. 명수가 고개를 끄덕였지.

“아빠 이번에 출장 다녀오면 본격적으로 연습하는 거다.”

아빠는 다시 고기쌈을 크게 싸서 명수 입에 넣어주었어. 명수는 터질 듯한 입을 오물거리며 고개를 끄덕였어. 아빠와 명수는 마주 보며 웃었지.

‘명수도 나처럼 아빠하고 배드민턴 쳤구나. 그런데 아빠와 있을 때는 잘도 웃네. 나하고 배드민턴 칠 때는 맨날 뚱한 표정이더니.’

정준이는 헤벌쭉 웃고 있는 명수를 보며 생각했어. 그리고 도대체 누구한테 배운 건데 배드민턴을 그렇게 치냐며 놀렸던 일이 떠올라 미안했지.

뉴스에서 버스 전복 사고가 났다고 했을 때 명수는 그저 안타까운 얼굴로 기사를 보고 있었어. 사고가 난 곳이 아빠가 출장 간 지역이라는 말을 들었을 때는 설마, 하는 불안감이 살짝 들었지만 금방 사라졌지. 기사로 보던 그 일이 아빠에게 일어났을 줄은 상상도 하지 못했으니까.

엄마의 전화를 받고 할머니, 형과 같이 병원에 가면서도 명수는 생각했어.

'우리 아빠는 괜찮을 거야. 평소처럼 웃으면서 인사해 줄 거야.'

하지만, 아니었어. 아빠는 생각했던 것보다 더 끔찍한 모습으로 누워 있었어. 코와 입에는 산소 공급 호스가 연결되어 있고 머리와 손목, 발목에도 심장 박동과 뇌파를 측정하는 여러 개의 기기가 연결되어 있었어. 명수는 아빠의 모습이 낯설고 무서워서 눈물이 났어.

"아빠."

명수가 작게 불러봤지만 눈을 감은 채 아빠는 꼼짝도 하지 않았어.

"아빠, 아빠."

명수는 흐느끼면서 눈을 떠보라며 아빠를 흔들었어. 엄마가 뒤에서 명수를 안으며 말했어.

"명수야, 아빠 수술하셔야 한대. 오래 걸리니까 너는 집에 가 있어."

명수는 고개를 흔들었지만, 할머니 손에 이끌려 집으로 가야 했지. 그날 명수는 잠을 제대로 잘 수가 없었어. 밤새 끔찍한 악몽에 시달렸지.

'명수 아빠가 크게 다쳤나 봐. 어떻게 하지? 수술이 잘 돼야 할 텐데….'

정준이는 심각한 얼굴이 되어 화면을 바라보았어.

"아빠, 나 왔어."

명수가 병원 침대에 누워 있는 아빠에게 다가가 말했지만, 아빠는 아무 말이 없었어.

"우리 학교에 배드민턴부가 생긴대."

명수는 눈을 감고 있는 아빠를 보면서 계속 혼잣말을 했어.

"나도 신청하려고. 배드민턴 하면 아빠가 금방 깨어날 것 같아서. 아빠, 나 연습 열심히 하는 동안 아빠도 힘내서 일어나야 해. 알았지? 그럼 우리 같이 약속했던 배드민턴 대회 나가자. 응? 꼭이야."

명수는 새끼손가락을 아빠 새끼손가락에 걸고는 손등으로 눈물을 쓱 훔쳤어.

'명수가 배드민턴부에 들어온 건 아빠 때문이었구나. 난 그것도 모르고 그렇게 할 거면 그만두라고 소리 질렀는데.'

정준이는 명수와 명수 아빠의 모습을 보면서 모질게 말했던 게 후

회되었어.

"엄마, 나 왔어."

명수가 가게에 들어서자 엄마가 명수를 돌아봤어.

"집에 가서 쉬지 왜 왔어? 엄마 혼자 해도 괜찮다니까."

엄마가 김밥을 말아서 명수 앞에 내밀었어. 명수가 김밥 먹는 걸 보며 엄마가 물었어.

"오늘 배드민턴은 어땠어? 재미있었어?"

"응, 오늘 파트너 정했는데 내 파트너가 누군지 알아?"

"누군데?"

"이정준."

"이정준이 누군데?"

"엄마, 몰라? 우리 동네에서 배드민턴 제일 잘 치는 애 있잖아. TV에도 나왔는데."

"그래?"

"응. 나 걔랑 파트너 됐다."

"그래서 이렇게 기분이 좋구나."

"응. 정준이 진짜 잘 쳐. 처음에는 정준이랑 짝 안 하려고 했는데 되고 보니까 좋아."

“왜 짝을 안 하려고 해? 잘하는 친구라며.”

“정준이는 잘 치는데 내가 못하면 미안하잖아. 나 때문에 대회 못 나가면 어떡해.”

명수가 김밥을 우물거리며 말했어.

‘뭐야, 그런 거였어?’

정준이는 명수가 자신이랑 파트너가 되었을 때 좋아했다는 걸 알고 나니 마음이 이상했어.

“엄마, 나 깨우랬더니. 배드민턴 늦었잖아.”

명수가 엄마에게 전화하더니 볼멘소리를 했어.

“엄마 6시에 나가는 거 몰라? 김밥 말다 어떻게 전화를 해? 형한테 너 깨우랬더니 그냥 나갔나 보네. 명수야, 손님 왔다. 냉장고에 김밥 있으니까 전자레인지에 돌려서 먹고 가.”

엄마가 급히 전화를 끊었어.

“오늘도 지각하겠다. 휴.”

명수는 방바닥에 널브러진 옷가지 중 아무거나 골라 입고는 세수만 대충 하고 아무것도 먹지 않고 부리나케 학교로 뛰어갔어.

오후가 되자 한 무리의 중학생들이 김밥 가게로 들어왔어.

"아줌마, 김밥이랑 라면 주세요."

명수 엄마가 김밥과 라면을 쟁반 위에 올려놓자 명수가 얼른 음식을 날랐어. 그러고는 다른 테이블을 행주로 닦기 시작했어. 엄마가 오지 말라고 해도 명수는 엄마를 도우려고 매일 가게에 들렀지.

"명수야, 얼른 들어가."

엄마가 말했지만, 명수는 들은 척도 하지 않았어.

"너 그러다 또 내일 늦게 일어나면 어쩌려고 그래? 오늘도 강당 청소했다면서."

"알았어."

그제야 명수가 일어났어.

"엄마, 주말에 아빠 병원 갈 때 나도 갈 거야. 그러니까 자꾸 혼자 가면 안 돼."

명수가 가게를 나오며 하는 말에 엄마는 고개를 끄덕였어. 말하지는 않았지만, 병원에 갈 때마다 명수의 표정이 너무 슬퍼 보여 엄마는 혼자 병원에 가곤 했거든. 명수는 엄마에게 손을 흔들고는 가게를 나왔어.

'명수가 저래서 늦었구나. 엄마 일 도우면서 운동하려면 힘들 텐

데. 명수 자식, 말이나 좀 해주지. 괜히 미안하게.'

정준이는 매일 아침 꾀죄죄한 모습으로 헐레벌떡 뛰어오던 명수가 생각났어. 그리고 배드민턴을 칠 때마다 금방 지쳐서 힘들어하던 모습도 떠올랐지.

"형. 나 배드민턴 좀 같이 쳐줘."

명수가 형을 졸랐어.

"저녁마다 맨날 무슨 배드민턴이야."

"나 연습해야 한단 말이야."

"연습?"

"그래. 학교 대표 뽑는다고."

"안 돼. 나도 시험 얼마 안 남았어. 난 도서관 간다."

형이 가방을 메고 먼저 나가버렸어.

"치, 조금만 해주지."

명수는 혼잣말을 하고는 물통과 라켓 가방을 챙겨 근처 공원으로 갔어. 공원 안에는 세 개의 코트가 있는 배드민턴장이 있거든. 저녁에도 조명이 켜져 있어 늦게까지 배드민턴을 칠 수 있었지. 늦은 시간이라 배드민턴장에는 아무도 없었어. 명수는 가볍게 몸을 풀고 라켓과 콕을 꺼내 들었어.

'오늘도 서브에서 자꾸 실수했는데.'

명수는 낮에 경기했던 모습을 떠올리며 서브 연습을 시작했어. 셔틀콕이 상대방 코트의 원하는 위치에 떨어질 때까지 계속 같은 동작을 반복했지. 그렇게 라켓을 잡고 한참 콕을 치는 연습을 하다 지친 듯 털썩 주저앉았어. 얼굴에는 땀이 송골송골 맺혔지만, 명수는 물을 마시고 다시 일어나 연습을 계속했어. 밤늦게까지 공원에는 팡, 팡 하는 소리가 울렸지.

정준이는 혼자 연습하는 명수를 아무 말 없이 보고 있었어. 땀을 비오듯 흘리면서 늦게까지 연습하는 명수를 보니 화냈던 자신이 부끄러웠거든.

"그렇게 못 치면 창피해서라도 그만두겠다."

비아냥거렸던 모습이 생각나 미안했지.

명수가 정준이와 함께 메달을 목에 걸었어. 둘은 서로 마주 보며 밝게 웃었어. 명수는 상장과 메달을 병실에 있는 아빠에게 갖다 드렸어. 명수 아빠는 메달을 목에 걸고는 명수의 머리를 쓰다듬으며 환하게 웃었지. 명수가 아빠 허리를 꼭 껴안았어.

"어? 우린 아직 시합도 나가지 않았는데…. 이게 어떻게 된 거지?"

정준이는 고개를 갸웃거렸어. 그래도 시합에서 이겨 메달을 거는 장면을 볼 때는 기분이 좋았어. 무엇보다 명수 아빠가 깨어나 명수와 함께 웃고 있는 모습을 보니 기뻤어.

화면이 어두워지고 주위가 밝아졌어. 포포 할아버지가 정준이 옆에 앉더니 다정한 목소리로 물었어.

"궁금한 게 있다더니 답은 찾았니?"

정준이는 말없이 고개를 끄덕였어. 그리고 포포 할아버지를 보며 말했어.

"근데 제가 생각한 답이 아니었어요."

"그래?"

할아버지가 궁금하다는 듯 눈을 크게 뜨자 정준이가 조금 생각하더니 말을 이었어.

"저는 명수가 연습에 늦게 올 때마다 게으른 데다 자기 생각만 하는 이기적인 애라고 생각했어요. 그래서 놀리고 비아냥거렸어요. 그런데 이기적인 건 저였어요. 명수는 저렇게 노력하고 있었는데, 전 그렇지 않았거든요. 그저 파트너를 잘못 만나서 시합에서

질 거라며 화만 냈어요."

정준이가 무안해진 얼굴로 쳐다보자, 포포 할아버지가 부드럽게 토닥이며 말했어.

"많은 사람이 그렇단다. 눈에 보이는 것만 믿고, 보이지 않는 것에 대해서는 잘 생각하지 못하지. 보이는 것만으로는 그 사람에 대해 다 알 수가 없는데도 말이야."

정준이는 곰곰이 생각하더니 고개를 끄덕였어.

"포포 할아버지, 그런데 명수와 제가 학교 대표로 뽑힐까요? 아직 일어나지도 않은 일인데 영화에 나와서 놀랐거든요."

정준이가 기대하는 표정으로 눈을 반짝이며 물었어. 할아버지는 싱긋 웃으며 말했어.

"그건 모르겠구나. 네 말대로 아직 일어나지 않은 일이니까 그럴 수도 있고 아닐 수도 있겠지. 단지 명수가 간절히 바라고 원하는 일이라 영화에 나온 것 같구나. 명수가 바라거나 상상한 일도 마음 영화관에서는 볼 수 있으니까 말이다."

"명수가 간절히 바라고 원하는 거요?"

정준이는 포포 할아버지의 말을 따라 하며 잠시 생각하더니 무언가 결심한 듯한 표정을 지었어.

"저, 이제라도 명수랑 제대로 해볼래요. 그동안 중요한 걸 잊고 있었는데 이제 알 것 같거든요."

"중요한 거?"

"네. 전 시합에서 이기는 것만 생각했는데 중요한 건 함께 하는 파트너였어요. 전 명수에 대해 한 번도 제대로 생각해 본 적이 없다는 걸 알았어요. 할아버지 말처럼 보이는 대로 판단해 버렸으니까요. 코치님이 서로를 믿고 칠 수 있어야 경기가 가능하다고 했는데, 이제야 그 말을 알 것 같아요. 그래서 명수랑 지금이라도 다시 시작해 보고 싶어요."

"그래? 나도 너희들의 시작을 진심으로 응원하마."

포포 할아버지가 입꼬리를 살짝 올려 미소 지으며 말했어. 그리고 정준이에게 무언가를 내밀었어.

"오늘 본 영화표란다."

정준이가 영화표를 받아서 살펴보았어. 한쪽에는 '마음 영화관'이라는 글자와 오늘 날짜가 새겨져 있고, 반대쪽에는 명수가 라켓을 들고 환하게 웃고 있는 모습이 담겨 있었지. 정준이는 명수의 웃는 모습을 보고는 씩 웃으며 말했어.

"명수야, 나 지금 간다."

포포 할아버지가 그 모습을 보고 빙긋 웃었어. 정준이가 꾸벅 인사하고 밖으로 나가자 할아버지가 따라 나와 가볍게 손을 흔들어

배웅해 주었지.

밖으로 나오자 주위가 조금 어두워져 있었어.

'명수가 오늘도 있을까? 아까 싸워서 안 나왔으면 어쩌지?'

정준이는 영화관에서 봤던 공원을 향해 걸었어. 정준이도 가끔 아빠와 연습했던 곳이라 잘 아는 곳이었지.

'팡, 팡.'

공원 안 배드민턴장에서 소리가 들렸어. 정준이가 들어서자 명수가 놀란 얼굴로 쳐다봤어.

"어? 너 어떻게?"

"치사하게 혼자 연습하기냐?"

명수는 정준이의 농담에도 멍한 표정을 지은 채로 서 있었어.

"괜찮으면 같이 하자. 우리 파트너잖아."

정준이가 명수 반대쪽 코트에 섰어. 그리고 라켓을 꺼내 들고 준비 자세를 취하더니 말했어.

"먼저 서브해."

"어?"

"얼른."

"으응."

명수가 머뭇거리더니 셔틀콕을 정준이 쪽으로 보냈어. 정준이가 가볍게 툭 받아넘기자 명수가 다시 콕을 치고 정준이가 또 맞받아쳤어. 그렇게 처음으로 둘의 랠리가 길게 이어졌어. 둘은 콕을 떨어뜨리지 않으려고 최선을 다했지. 집중해서 한 번도 허투루 넘기지 않고 열심히 쳤으니까. 그렇게 한참 랠리를 이어가다 명수가 정준이가 넘겨준 콕을 받아치지 못하고 넘어졌어.

"괜찮아?"

정준이가 얼른 달려가 물었어.

"괜찮아. 미안."

명수가 미안한 기색을 보이더니 어색하게 웃었어. 정준이가 수건을 건네며 말했어.

"미안하긴. 그럴 땐 라켓을 뻗어 손목을 바깥쪽으로 구부린 후 치면 돼. 이렇게."

명수는 흘러내린 땀을 수건으로 닦고 나서 정준이가 가르쳐준 동작을 따라 했어.

"잘하는데?"

정준이가 명수를 보고 말했어.

그 뒤로도 둘은 한참을 연습했어. 서로 호흡이 맞아간다는 느낌에 기분이 좋았지. 나란히 공원을 나오면서 명수가 물었어.

"나 여기 있는 거 어떻게 알았어?"

"가끔 아빠랑 쳤던 곳이라 연습이나 해볼까 해서 와봤지."

"너도 아빠랑 배드민턴 쳤어?"

"응. 지금은 아빠가 바빠서 못 치지만."

"그렇구나. 나도 이전에는 아빠랑 많이 쳤어. 지금은 못 하지만."

명수가 조금은 서글픈 표정이 되어 말했어.

"그럼 우리 둘이 치면 되지. 언젠가는 아빠랑도 꼭 치게 될 거야."

정준이가 밝은 목소리로 말하자 명수가 고개를 끄덕였어.

"우리 시간 날 때마다 여기서 연습하자. 그리고 미안했다."

정준이가 가방에서 사과를 꺼내서 명수에게 주며 말했어.

"어? 나도."

명수가 사과를 받으며 쑥스러운 듯 웃었어.

"우리 이기자."

정준이의 말에 명수는 천천히 고개를 끄덕였어.

"명수야, 학교 가자."

다음 날 아침, 자기를 부르는 소리에 명수가 창문을 열어보니 정준이가 서 있었어. 명수는 얼른 옷을 갈아입고 나왔어.

"내가 또 지각할까 봐 온 거야?"

"같이 가려고. 불편해?"

"아니. 좋아서."

정준이와 명수가 나란히 웃는 얼굴로 강당에 들어서자 아이들이 놀란 얼굴로 쳐다봤어. 정준이와 명수는 가볍게 몸을 풀고 난타 연습을 했어. 정준이와 명수가 칠 때마다 잘 맞는 소리가 나며 콕이 강당 천장을 배경으로 왔다 갔다 움직였지. 코치님이 한 팀씩 레슨을 해주었는데, 정준이와 명수 차례가 되었어.

"배드민턴은 서 있는 위치와 셔틀콕이 날아오는 위치에 따라 유기적으로 움직여야 해. 공격일 때 위치와 수비일 때 위치를 전부 알고 있어야 하고."

코치님이 콕을 보내며 말했어. 정준이와 명수는 나란히 서서 넘어오는 콕을 치다가도 정준이가 앞으로 나오면 명수가 자연스럽게 뒤로 빠져 넘어오는 콕을 강하게 때려 넘겼어. 둘은 자기 위치에서뿐만 아니라 애매하게 넘어오는 공까지도 완벽하게 쳐냈지. 둘의 호흡이 척척 맞아떨어졌어.

"좋아, 그렇지! 그거야."

코치님 입에서 계속 같은 말이 나왔어. 훈련이 끝나자 코치님이 정준이와 명수를 보고 웃으며 물었어.

"너네 무슨 일 있었냐?"

아이들도 놀란 얼굴로 정준이와 명수를 보고 있었어. 둘은 그저 마주 보고 웃을 뿐이었지.

정준이와 명수는 하루도 빠지지 않고 배드민턴을 쳤어. 학교에서 훈련 시간이 끝나도 늦게까지 남아 연습하고, 저녁에는 또 공원에서 만나 부족한 부분을 서로에게 가르쳐주었지. 그렇게 둘은 함께 많은 시간을 보내면서 서로에 대해 더 잘 알게 되었고, 그럴수록 배드민턴뿐 아니라 친구로서도 좋은 파트너가 되어갔어.

드디어 학교 대표를 뽑는 날이 다가왔어. 정준이와 명수는 다른 팀들을 차례로 이기고 마지막으로 6학년 남자 복식팀과 붙게 되었어. 총 3세트 중 두 팀 모두 한 세트씩 승리해 마지막 경기만 남은 상황이야. 정준이와 명수는 손바닥을 부딪치며 서로 응원의 눈빛을 보냈어.

경기가 시작되자 정준이와 명수가 먼저 앞서 나갔어. 그런데 6학년 형들도 만만치 않았지. 강하게 스매싱을 때리고 네트 위로 아슬아슬하게 콕을 넘기며 금세 동점을 만들었어. 두 팀은 엎치락뒤치락 계속 점수를 이어가다가 정준이와 명수가 먼저 매치 포인트에 도달했어. 한 점만 더 뽑으면 승리할 수 있었지. 명수의 서브 차례였어. 명수는 심장이 두근거렸어.

'한 점만 더….'

명수는 길게 숨을 내쉬었어. 그리고 자세를 바로 하고 콕을 넘겼어. 그런데 너무 긴장한 탓이었을까 공이 네트에 걸리고 말았어. 입에서 낮은 한숨이 새어 나왔어.

'괜찮아.'

명수가 돌아보자 정준이가 입 모양으로 말했어. 그 뒤로 정준이와 6학년 형의 드라이브가 계속되다가, 6학년 형이 갑자기 명수 뒤쪽으로 콕을 보냈어.

"아웃이야."

정준이가 뒤돌아보며 말했지만 이미 늦었어. 명수가 뛰어가면서 겨우 받아낸 콕이 네트를 넘기지 못했거든. 경기가 끝났다는 호루라기 소리가 울렸어. 명수는 그대로 자리에 털썩 주저앉았어. 눈물인지 땀인지, 바닥으로 무언가가 방울방울 떨어졌어. 정준이가 명수에게 다가가 손을 내밀었어. 명수가 정준이를 올려다보았어. 명수가 빨개진 눈을 하고 말했어.

"미안해."

"경기하면 질 수도 있지 뭘 그래? 그리고 우린 내년이 있잖아. 내년에도 내 파트너 해줄 거지?"

정준이가 웃으며 말했어. 명수는 고개를 끄덕이고 정준이의 손을 잡고 일어났어.

"좋은 경기였다. 아주 잘했어. 진 팀도 예비 후보로 나가야 하니까 연습 게을리하지 말고."

코치님이 정준이와 명수의 어깨를 두드리며 말했어. 그때, 갑자기 강당 문이 벌컥 열리고 누군가 들어왔어.

"명수야, 명수야."

명수 엄마가 두리번거리더니 명수를 발견하고는 뛰어와 끌어안았어.

"명수야, 아빠가 깨어나셨대. 얼른 가자. 지금 너 찾고 계셔."

"정말이야?"

명수는 눈을 커다랗게 뜨며 말했어.

"진짜 잘됐다. 얼른 가봐."

상기된 얼굴로 건네는 정준이의 말에, 명수는 코를 훌쩍이고 눈물을 닦으며 고개를 끄덕였어.

정준이와 명수가 배드민턴 연습을 끝내고 나오자 기다리고 있던 재석이가 손을 흔들었어. 셋은 운동장을 나란히 걸었어.

"배고프지 않냐?"

정준이가 배를 문지르며 물었어.

"우리 가게 가서 김밥이랑 라면 먹자. 엄마가 너네 꼭 데리고 오랬거든."

명수가 둘을 번갈아 보며 말했어.

"왜?"

정준이와 재석이가 눈을 동그랗게 뜨고 물었어.

"지난번에 아빠 보러 병원 갔을 때 같이 가줘서 고맙다고."

명수가 머리를 긁적이며 말했어.

"파트넌데 당연하지."

"친군데 당연하지."

정준이와 재석이의 말에 명수가 활짝 웃었어. 영화표에서처럼 입을 벌리고 환하게 웃는 명수를 보자, 정준이는 문득 포포 할아버지가 생각났어.

'포포 할아버지, 우리 계속 응원해 주실 거죠?'

정준이가 잠깐 '마음 영화관' 생각에 잠겨 있는데, 재석이가 학교 정문을 빠져나가는 한 아이를 가리키며 말했어.

"어? 다미다."

"어디, 어디?"

정문 쪽으로 눈을 돌리며 급하게 묻던 정준이는 다미를 발견하고는 입꼬리가 쑥 올라갔지.

"너 얼굴 빨개진 거 같은데."

명수가 정준이를 보고 실실 웃으며 말했어.

"배고파서 그런 거야. 야, 빨리 가자. 배랑 등이랑 붙겠어."

정준이가 라켓 가방을 부여잡고 갑자기 운동장을 가로질러 뛰기 시작했어.

"야, 같이 가."

재석이와 명수가 뒤따라 달렸어.

'딸랑딸랑.'

코코가 경쾌한 노란 방울 소리를 내며 그 뒤를 쫓았어. 다시 보게 되어 반갑다는 듯 정준이를 향해 눈을 깜박이더니 꼬리를 바짝 세우고는 '야옹' 하고 인사했지. 그러고는 상쾌한 바람을 맞으며 세 아이를 따라 신나게 달리기 시작했어.

마음 영화관에서 이 모습을 보고 있던 포포 할아버지가 말했어.

"너희들을 항상 응원하마. 허허."

포포 할아버지의 호탕한 웃음소리가 영화관 안에 가득했어.

커닝 페이퍼를 만들고 있는 자신의 모습을 아무 말 없이 바라보다가,

부끄러워진 다미는 얼굴이 빨개졌어.

그러다 더 보고 싶지 않아서 슬그머니 고개를 돌렸어.

5

나답게, 나를 믿어볼 거야

_ 다미

다미는 공부를 잘했어. 시험을 보면 꽤 좋은 성적을 받았고, 각종 대회에서도 상장을 놓치지 않았어. 하지만 그래도 부모님은 만족하지 못했지. 늘 언니보다는 못했으니까.

다미에게는 언니가 있어. 중학교 3학년인데 학교가 멀리 떨어져 있어서 기숙사에서 생활하고 있는 데다 주말에도 과외를 받고 공부하느라 집에 잘 오지 않아서 자주 볼 수는 없어. 언니는 초등학교부터 중학교까지 학급회장을 했고, 전교 1등을 도맡아 했어. 지금도 물론 마찬가지고. 다미는 그런 언니가 자랑스러웠어. 하지만 한편으로는 항상 언니보다 못하는 자신이 초라하게 느껴졌지.

다미는 늘 공부하느라 바빴어. 학교가 끝나면 바로 수학 학원에 가야 했지. 수학 수업이 끝나면 편의점에서 간단하게 저녁을 때우고는 바로 근처에 있는 영어 학원으로 가야 했고. 학원이 끝나 집에 와서도 숙제하느라 늦게까지 잠을 잘 수가 없었어. 다미는 이런 생활이 지겹기도 하고 힘들기도 했지만 참고 노력했어. 그렇게 해서 좋은 성적을 받아야 엄마 아빠가 기뻐했으니까.

그런데 이렇게 노력하는데도 5학년이 되면서는 성적이 잘 나오지 않았어. 얼마 전 수학 단원 평가에서는 지금까지 중 가장 낮은 점수를 받았지. 너무 긴장해서 시간 배분을 잘못하는 바람에 뒤에 있는 문제 몇 개를 못 풀었거든. 시험 결과가 나온 날, 다미는 시험지를 받아들고는 책상에 엎드려 울었어.

"야, 난 더 못 봤는데 뭐 이거 가지고 우냐?"

옆에 앉은 정준이가 말했지만 다미는 눈물이 멈추지 않았어. 그저 남의 속도 모르고 마음대로 말하는 정준이가 얄미웠지.

그날 저녁 다미는 떨리는 마음으로 부모님께 시험지를 보여드렸어. 아빠 표정이 순간 일그러졌어.

"너 이게 점수야?"

아빠가 굳은 표정을 한 채 말했어. 다미는 아무 말도 할 수가 없었어.

"공부한 거 맞아?"

아빠 목소리가 조금 더 커졌어. 다미 눈에서 눈물이 뚝 떨어졌어.

"너 학원비가 얼마나 드는지 알기는 해? 그런데 이걸 점수라고 가져오는 거냐고?"

아빠가 시험지를 거칠게 흔들며 소리쳤어. 다미의 고개가 자꾸만 내려갔어.

"소리 좀 낮춰요."

엄마가 말했어.

"당신은 집에서 뭐 하고 있었어? 애 성적이 이런데."

아빠가 엄마를 보며 화를 냈어.

"나는 뭐 놀았어요? 나도 할 만큼 하고 있다고요."

엄마도 지지 않고 큰 소리를 냈어.

"대체 머리가 나쁜 건지. 어휴."

아빠가 한숨을 쉬더니 문을 쾅 닫고 나갔어.

"넌 방에 들어가 있어."

엄마도 다미를 보고 짜증 내며 말하더니 고개를 홱 돌렸어. 다미는 훌쩍이며 방으로 돌아가, 이불 속에서 숨죽여 울었어.

'엄마 아빠 싸우게나 만들고. 언니라면 절대 이렇지 않았을 텐데…. 왜 나는 해도 해도 안 될까? 난 정말 왜 태어났을까?'

다미는 자신이 한심하고 쓸모없는 애처럼 느껴졌어. 그날은 그렇게 울다 잠이 들었지.

이번 시험 때문에, 다미는 학원을 한 군데 더 다니게 되었어. 부모님은 다미가 시험을 못 본 게 공부 시간이 부족해서라고 생각했거든. 다미는 가슴이 답답했지만 아무 말도 하지 못했어. 말해봤자 혼나기만 할 것 같았으니까.

오늘은 새로운 학원에서 수업을 듣는 첫날이야. 다미는 어색해

하며 문을 열고 들어갔어. 그런데 들어서자마자 깜짝 놀랐어. 거기에 정준이가 있었거든. 다미는 어제 일이 생각나 모른 척 고개를 돌렸어. 수업이 끝나고 나오는데, 정준이가 따라 나오며 말을 걸었어.

"오늘부터 여기 다니는 거야?"

"…."

"여기 동네에서 꽤 멀어서 우리 학교 애들 별로 없는데, 어떻게 알고 왔어?

"…."

"야, 아직도 삐졌냐?"

다미가 계속 아무런 대답도 하지 않자 정준이가 화내듯 물었어. 다미는 말없이 눈을 흘겼지.

"어젠 미안했어. 울지 말라고 말하려던 건데 말이 그렇게 나간 거야."

정준이가 시무룩한 표정으로 말했어.

"정말이야."

정준이의 진짜로 미안한 표정에, 다미의 마음도 좀 풀어졌지. 그래서 작은 목소리로 대꾸했어.

"우리 동네에는 일요일까지 하는 학원이 없어서."

둘은 나란히 버스 정류장으로 걸어갔어.

"그런데 너도 주말까지 학원 다니는 거야?"

문득 다미가 궁금한 듯 물었어.

"아니, 주말에만 다녀."

"주말에만?"

"응, 평일에는 배드민턴 때문에 시간이 안 맞거든. 엄마가 배드민턴 계속 치려면 주말에라도 꼭 학원에 다니라고 해서. 그럼, 너는 일주일 내내 가는 거야?"

"이번에 시험 못 봤잖아."

다미가 풀 죽은 목소리로 대꾸했어.

"야, 그 점수면 우리 엄마는 나 업고 다니겠다."

정준이가 놀라는 표정을 짓더니 호들갑스럽게 말했어. 다미는 그 모습을 보자 피식 웃음이 나왔어.

"우리 언니는 맨날 100점만 맞거든."

"사람이 어떻게 그래? 너 지금도 진짜 잘하고 있는 건데."

정준이가 말했어. 다미는 눈을 동그랗게 뜨고 정준이를 쳐다봤어.

"왜?"

다미의 시선을 느끼고는 정준이가 마주 보며 물었어.

"아니야. 그냥."

다미는 무언가 말하려다 말았어. 사실, 다른 사람에게 잘한다는 말을 들어본 적이 별로 없었거든.

둘은 버스 정류장 의자에 나란히 앉았어. 그때 정준이가 맞은 편에 있는 가게를 가리키며 말했어.

"저기 떡볶이 진짜 맛있다."

"그래?"

자기가 타려는 버스가 오자, 정준이가 뛰어가면서 다미한테 물었어.

"다음에 떡볶이 같이 먹을래?"

다미가 고개를 끄덕이자, 정준이는 씨익 웃더니 버스에 올라탔어.

며칠 뒤면 학교에서 수행평가가 있어. 생활기록부에 반영되는 중요한 시험이었지. 학원에서도 학교 평가에 대비해서 예상 문제를 만들고 풀기를 반복했어. 다미는 정말 열심히 공부했어. 다시는 지난번과 같은 점수를 받고 싶지 않았으니까. 꼭 100점을 받아서 엄마와 아빠를 기쁘게 해주고 싶었어. 자기도 할 수 있다는 걸 보란 듯이 보여주고 싶었지. 하지만 시험 날이 다가올수록 자꾸 불안하고 초조해졌어.

"너 표정이 왜 그래? 어디 아파?"

학원 수업을 마치고 떡볶이를 먹다가 정준이가 물었어.

"곧 시험이잖아."

다미가 기운 없는 목소리로 대꾸했어. 떡볶이는 먹지도 않은 채 한숨만 푹푹 쉬었지.

"편하게 보면 되지."

"근데, 그게 잘 안 돼. 많이 틀릴 것 같아서."

"난, 배드민턴 칠 때 맨날 이기기만 했거든. 지는 건 상상도 못 했어. 그런데 한번은 진짜 중요한 게임에서 진 거야."

여전히 걱정하는 얼굴로 앉아 있는 다미를 보며 정준이가 짐짓 진지한 표정으로 말했어. 다미는 다음 이야기가 궁금해져서 정준이를 빤히 쳐다봤지.

"그런데 생각보다 괜찮더라. 진다고 세상이 무너지지 않더라니까."

"그렇긴 한데…. 자꾸 불안해서."

"그렇게 불안하면 방법이 다 있지."

"방법?"

"떡볶이 다 먹고 나면 알려줄게. 그러니까 먹을 때는 먹을 것만 생각해. 나중에 못 먹었다고 후회하지 말고."

"알았어. 근데 여기 떡볶이 진짜 맛있다."

다미는 그제야 떡볶이를 먹으며 수줍게 웃었어.

떡볶이 가게를 나와 버스를 기다리다가, 다미가 다시 물었어. 정말로 그 방법이 궁금했거든.

"그런데 네가 아까 말했던 그 방법이 뭐야?"

"음, 내 답안지 보여줄게."

정준이가 뜸을 들이다 인심 쓰듯 말했어.

"뭐?"

"내 답 보고 쓰라고. 나 이번에 공부 엄청 많이 해서 점수 좀 잘 나올 것 같거든."

"뭐라고?"

다미가 어이없다는 표정으로 정준이를 보고는 황당하다는 듯 피식 웃었어.

"장난이야. 그러니까 불안해하지 말고 그냥 지금처럼 웃으라고. 넌 잘할 거니까."

정준이가 다미를 보고 씩 웃으며 말했어. 진짜 대답을 기대했던 다미는 실망스럽기도 했지만, 그래도 정준이의 응원이 고마웠어.

시험이 3일 앞으로 다가왔어. 다미는 시험이 다가올수록 가슴이 자꾸 두근거리고 심장이 쿵쿵 뛰었어. 손발이 덜덜 떨리기도 했지.

"이번에는 잘할 수 있지?"

"좋은 점수 기대해도 되지? 믿는다."

아빠와 엄마가 다미를 보고 물을 때마다 그렇다고 고개를 끄덕였지만, 책상에 앉으면 자꾸 배가 아프고 속이 울렁거렸어. 시험만 생각하면 긴장되고 불안해서인지, 공부가 전혀 되지 않았지. 책상에서 공부하다 깜빡 잠이 들면 빵점 맞는 악몽을 꾸다 소리를 지르며 깨기도 했어.

'아, 진짜 어떻게 하지? 집중도 안 되고 외워지지도 않고.'

다미는 불안해서 손톱을 물어뜯었어. 그러다 불안해하지 말라고 정준이가 했던 말이 떠올랐지.

"내 답 보고 쓰라고."

'진짜 답을 보고 쓸 수 있다면 얼마나 좋을까?'

다미는 그런 생각을 하다 커닝 페이퍼가 떠올랐어. 해서는 안 된다는 걸 알면서도 한번 머릿속에 떠오른 생각은 쉽게 사라지지 않았어. 다미는 얼른 종이 한 장을 꺼냈어. 그리고 종이 위에 중요한 개념과 외워지지 않았던 내용을 하나씩 적어나갔어. 하얀 종이가 채워질수록 불안한 마음이 조금 가라앉는 것 같았지.

토요일, 학원에 정준이가 오지 않아서 다미는 메시지를 보냈어.

오늘 마지막 요점 정리하는 날인데 왜 안 와? 오후 3:42

친구가 핸드폰을 잃어버렸대. 같이 찾아주려고. 오후 3:42

너 공부 안 해? 오후 3:42

핸드폰부터 찾고. 새로 산 거라 친구가 많이 속상해해서. 오후 3:42

내일모레가 시험인데 괜찮아? 오후 3:43

남 먼저 챙기는 거, 그거 너한테 배운 건데? ㅋㅋ 오후 3:43

뭐? 오후 3:43

다미는 정준이가 무슨 말을 하는 건지 도통 알 수 없었어. 늦게라도 오라고 메시지를 보냈지만 결국 오지 않았지.

학원 수업이 끝나고 난 뒤, 버스 정류장에서 막 버스를 탄 다미가 빈자리를 찾고 있는데 운전석 옆에서 웅성거리는 소리가 났어. 쳐다보니 아주머니 한 분이 안절부절못하고 서 있었어.

"왜 그러세요?"

다미가 얼른 다가가서 아주머니에게 물었어.

"지갑을 열어보니 교통 카드를 놓고 왔지 뭐야."

"거, 출발 안 해요?"

앞자리에 앉아 있는 한 아저씨가 퉁명스러운 목소리로 말했어.

"저 요금 있어요."

다미가 얼른 아주머니를 대신해 버스 요금을 통에 넣었어.

"아유, 고마워서 어쩌나. 학생 연락처라도 알려주면 나중에라도 갚을게."

아주머니가 한결 편해진 얼굴로 말했어.

"괜찮아요."

다미는 웃으며 말하고 맨 뒷좌석에 앉았어. 아주머니가 옆에 따라 앉았지.

"오늘 학생 아니었음 난처할 뻔했어. 정말 고마워."

"아니에요."

"근데, 주말인데도 공부하고 오는 거야?"

아주머니가 큰 가방에 눈길을 주며 물었어.

"곧 시험이라서요."

"아이고, 애쓰네. 열심히 했으니까 잘할 거야. 불안해하지 말고 그냥 자신을 믿어봐."

"네?"

다미는 자기 마음을 들킨 것 같아 놀란 얼굴로 아주머니를 쳐다보았어. 아주머니는 빙긋 웃으며 흰 봉투를 내밀었지.

"자, 이거 받아."

"이게 뭐예요?"

"버스값 대신, 고마워서."

봉투를 건네는 아주머니의 손목에는 노란 팔찌가 걸려 있었는데, 팔찌에 달린 작은 방울 두 개가 가볍게 흔들거렸어.

"괜찮은데…."

"시험 잘 보라고 주는 선물이야. 난 여기서 내려. 또 보자고."

인사를 하고는 아주머니가 버스에서 내렸어. 궁금해진 다미는 봉투를 열어보았지. 봉투를 열자마자 은은하게 빛이 나는 종이가 보였어. 자세히 살펴보니 '마음 영화관 초대장'이라고 쓰여 있었어. 초대장은 금박으로 테두리가 둘려 있고, 진짜 금으로 만든 것처럼 반짝거리는 황금색 별이 크게 박혀 있었어. 조심스럽게 만져 보니 느낌이 이상한 것이, 무언가 모를 기운이 느껴지는 것 같았지.

다미는 봉투를 가방에 넣고 버스에서 내려 집을 향해 걸었어. 그런데 학원에 갈 때도 보지 못했던 가게 하나가 눈에 들어왔어. 겉모습은 오래되어 보였는데, 이상하게도 따뜻하고 포근한 느낌이 전해졌지. 왠지 끌리는 마음에 가까이 다가가자, '마음 영화관'이라는 간판이 보였어.

'마음 영화관?'

다미는 조금 전 아주머니에게 받았던 초대장이 생각났어. 그래서 가방에서 초대장을 꺼내 손에 들고는 조심스럽게 문을 열었어.

'딸랑딸랑.'

문에 달린 노란 방울이 흔들거리며 소리가 났어.

"계세요?"

다미가 두리번거리며 말했어.

"니야옹, 야옹."

가게 안에서 하얀 고양이가 노란 눈을 빛내며 다미에게 사뿐사뿐 다가왔어. 반가운 사람을 만난 듯 옆으로 와서 몸을 비벼댔지.

"어머, 예쁜 고양이네. 안녕?"

다미가 웃으며 인사했어. 목에 달린 노란 방울이 반짝거리며 빛을 냈어. 노란 방울을 보자 다미는 조금 전 버스에서 만났던 아주머니가 생각났어. 아주머니 손목에도 노란 방울이 달린 팔찌가 달려 있었거든.

"고양이 이름은 코코란다. 마음 영화관에 온 걸 환영한다."

한쪽에 쳐진 커튼 뒤에서 단정한 모습의 할아버지가 나오더니 인사를 건넸어. 양쪽으로 말아 올린 콧수염이 살짝 위를 향하고 있었지. 깔끔하게 넘긴 은백색 머리칼과 얼굴에서는 은은한 빛이 나서 신비한 느낌이 들었어.

“안녕하세요? 저는 한다미라고 해요.”

다미가 할아버지를 보고는 살짝 고개를 숙였어.

“반갑구나. 나는 포포란다.”

포포 할아버지가 마주 보고 웃으며 말했어.

“여기에 오려면 초대장이 필요한데 가지고 있니?”

“네, 여기 있어요.”

다미는 얼른 초대장을 내밀었어. 포포 할아버지는 초대장을 확인하고 고개를 끄덕였어. 그리고 초대장 위에 새겨진 황금별 위로 가만히 손을 올려놓았지. 그러자 황금별이 반짝거리며 빛을 내다가 사방으로 황금가루를 쏟아내고는 사라졌어. 마술 같은 광경에 놀란 다미가 물었어.

“여기는 어떤 곳이에요?”

“사람들의 생각과 기억, 지나온 시간을 통해 누군가의 마음을 볼 수 있는 곳이란다. 하루에 딱 한 사람만을 위해 문을 열지. 오늘은 네가 영화를 보게 될 거란다.”

“제가요?”

다미가 여전히 놀란 얼굴로 물었어. 포포 할아버지가 빙그레 미소를 지었지.

“어떤 영화인데요?”

"가게 앞에 포스터가 붙어 있었는데 못 본 모양이구나. 오늘은 다미, 네 마음을 보게 될 거란다."

"제 마음을요?"

그때 코코가 무언가를 물고 다미 가까이 다가왔어. 다미가 손을 내밀자 코코는 입에 문 종이를 올려놓았는데, 그건 영화표였어. 앞쪽에는 쑥스러운 듯 웃고 있는 다미의 모습이 담겨 있었고 반대쪽에는 '마음 영화관'이라는 글자와 오늘 날짜가 새겨져 있었지. 다미는 웃고 있는 자신의 모습을 보며 이때가 언제였는지를 떠올리려 애썼지만, 잘 생각이 나지 않았어.

"고맙다. 코코."

"니야옹."

포포 할아버지가 말하자, 코코가 기분 좋은 울음소리를 냈어.

"다미야, 영화가 곧 시작될 텐데 볼 준비는 됐니?"

다미는 시험이 얼마 남지 않았다는 생각에 망설였지만, 곧 고개를 끄덕였어. 영화표에 있는 자신의 모습을 보니 어떤 영화일지 너무 궁금해졌거든. 다미는 포포 할아버지가 가리킨 녹색 의자에 앉았어. 다미가 몸을 기대고 앉자, 코코가 무릎 위로 사뿐 뛰어올랐어. 다미가 부드럽게 털을 어루만지자 코코는 다미의 무릎 위에 편안하게 고개를 내려놓았지. 다미가 스크린으로 눈을 옮기자 주위가 조금씩 어두워졌어.

*

시곗바늘은 자정을 가리키고 있는데, 다미는 책상에 앉아 여전히 공부를 하고 있었어. 학원 숙제를 하다 피곤한 듯 책상에 엎드려 깜박 잠이 들었는데, 곧 다시 깨서는 눈을 비비고 계속 문제를 풀었어. 하지만 문제가 잘 안 풀리는지 이따금 한숨을 쉬었어.

책상에 앉아 끙끙대는 자신의 모습을 보며 다미는 가슴이 답답했어. 구부러진 등이 더 작아 보였지.

"이게 점수야?"

"언니는 한 번도 이런 적 없는데 너는 왜 그러니?"

엄마 아빠가 실망스러운 표정으로 말했어. 다미는 그 앞에서 고개를 숙이고 있었어. 울고 있는지 훌쩍이는 소리도 들렸어.

"아휴, 답답해."

"도대체 잘하는 게 뭔지."

엄마, 아빠 말에 다미는 아무런 말도 못 하고 울기만 했어.

'나는 잘하는 게 하나도 없어. 엄마 아빠 기대에도 못 미치고, 노력해도 안 돼. 난 왜 이렇게 못난 거지?'

다미의 눈에 어느새 눈물이 맺혔어.

절뚝거리며 교문을 향해 걷는 고운이가 보였어. 다미가 얼른 뛰어가서 고운이를 부축하며 물었어.

"다쳤어?"

"응. 오는 길에 넘어져서. 너 먼저 가. 지각하면 벌점 있잖아."

"다친 사람 두고 어떻게 가. 괜찮아."

다미가 고운이를 보며 말했어.

"야, 안 뛰냐? 곧 종 친다."

정준이가 헐레벌떡 뛰어오더니 다미를 보고 물었어.

"고운이가 다리 다쳐서 같이 가려고."

"그럼 나 먼저 간다. 지각하면 벌점에 청소까지 있다고."

그런데 그 말을 하고 앞서 뛰어가던 정준이가, 어쩔 수 없다는 표정으로 다시 되돌아왔어.

"에이, 모르겠다. 가방 줘라."

정준이는 빼앗다시피 고운이 가방을 가져가더니 다미 옆에 섰어. 결국 셋 모두 지각하고 말았지. 다행히 친구를 돕다 그런 거라서 선생님은 아무 말도 하지 않았어.

"오늘 정말 고마웠어."

수업이 끝나고 고운이가 말했어.

"아니야. 뭘."

다미는 쑥스러워하며 웃었지만, 옆에 앉은 정준이는 너스레를 떨며 말했어.

"나중에 뭐라도 쏴라. 알았지?"

"으이구, 알았다. 알았어."

고운이는 그렇게 말하며 웃었어.

학원에서 나오는데 3학년쯤 되어 보이는 아이가 현관 앞에 서 있었어. 비가 많이 오고 있었는데, 우산이 없었지.

"우산 없어?"

다미가 물었어. 아이가 고개를 끄덕였지.

"집이 어딘데? 데려다줄게."

아이는 손으로 어딘가를 가리켰어.

"야, 거긴 버스 정류장이랑 반대쪽이잖아. 그냥 가자. 엄마가 데리러 오겠지."

정준이가 말했어.

"바쁘면 너 먼저 가."

다미가 우산을 펼치려고 하자, 정준이가 손을 뻗어 자기 우산을 내밀었어.

"하여튼 못 말린다니까. 야, 이거 쓰고 가. 형 여기 학원에 다니니까 다음에 올 때 꼭 가지고 오고. 알았지?"

아이가 다미 눈치를 살폈어.

"괜찮아. 쓰고 가."

다미가 웃으며 말하자 아이는 정준이가 내민 우산을 쓰고 갔어.

다미는 우산을 펴고 정준이와 나란히 걸었어. 우산이 작아서 둘 다 어깨가 젖었지. 정준이가 우산을 다미 쪽으로 기울이며 말했어.

"너, 누군가 어려운 거 보면 그냥 못 지나치는 거 알지?"

"내가?"

"그래. 그래서 내가 좋아하는 거지만."

정준이가 얼버무리듯 말했어.

"뭐?"

"버스 왔다. 간다."

정준이는 손을 흔들고 버스를 향해 뛰어갔어. 다미는 그 뒷모습을 보며 쑥스러운 듯 웃었어. 영화표에 있는 표정과 똑같았지.

다미는 그때가 생각나서 얼굴이 조금 붉어졌어. 정준이 앞에서는 못 들은 척했지만, 좋아한다는 말을 분명히 들었거든.

다미가 문제집 채점을 하고 있었는데, 생각보다 틀린 게 많았어.

'왜 이렇게 안 외워지지? 곧 시험인데 집중도 안 되고.'

다미는 두 손으로 얼굴을 감쌌어. 창백한 얼굴에 걱정스러운 표정이 가득했지. 한숨을 쉬고 답답한 듯 가슴을 치다가, 불안한지 방을 왔다 갔다 하더니 다시 책상에 앉았어. 그러고는 무언가를 생각하는 듯하더니 하얀 종이를 꺼냈어. 다미는 검은색 볼펜으로 하얀 종이를 빼곡하게 채워갔어.

커닝 페이퍼를 만들고 있는 자신의 모습을 아무 말 없이 바라보다가, 부끄러워진 다미는 얼굴이 빨개졌어. 그러다 더 보고 싶지 않아서 슬그머니 고개를 돌렸어.

"야, 너 손톱이 왜 그래?"

정준이가 다미를 보고 물었어.

"시험이 가까워져 오면 나도 모르게 자꾸 물어뜯어서."

다미가 손을 뒤로 감추며 말했어.

"야, 너 지금도 잘하고 있다니까."

그래도 다미가 아무 말이 없자 정준이가 다시 물었어.

"너 열심히 했지?"

다미가 고개를 끄덕였어.

"그럼 된 거야."

정준이가 씩 웃으며 말했어.

지금도 잘하고 있다는 정준이의 말이 다미의 마음에 남았어.

'그래, 난 열심히 했어. 그런데 정말 그거면 된 걸까? 이젠 나도 웃고 싶어.'

다미는 자신을 보고 웃고 있는 정준이를 가만히 바라보았어.

주위가 밝아졌어. 포포 할아버지는 다미의 어깨를 다독여 주었어.

"다미야. 괜찮니?"

할아버지가 다정하게 물었어.

"그동안 힘들지는 않았니?"

다미의 눈에서 갑자기 눈물이 한 방울 떨어졌어. 힘들다는 말은 한 번도 하지 않았지만, 힘든 걸 애써 참고 있었던 거야.

작은 어깨가 가늘게 떨리기 시작하더니, 결국 다미는 한동안 소리 내어 울었어. 코코가 괜찮다고 토닥이듯 앞발로 다미의 팔을 쓰다듬었어.

얼마나 울었을까, 다미의 울음소리가 조금씩 잦아들었어.

"힘들었던 것 안다. 그리고 항상 최선을 다했다는 것도."

포포 할아버지가 손수건을 건네며 부드럽게 말했어.

"하지만 시험을 잘 보지 못했는걸요."

다미가 눈물을 닦으며 울음 섞인 목소리로 말했어.

"최선을 다해도 언제나 결과가 좋을 수는 없단다. 잘할 수도 있고, 그렇지 않을 수도 있지. 하지만 결과가 좋지 않더라도 네가 노력했던 시간까지 사라지는 건 아니란다. "

다미는 가만히 포포 할아버지의 말을 듣고 있었어.

"다미야, 네가 얼마나 대단한 애인 줄 아니?"

포포 할아버지가 빙그레 웃으며 물었어.

"제가요? 전 쓸모없는 애라고 생각했는데요."

"세상에 쓸모없는 사람은 없단다. 이 세상에 태어난 어느 것 하나 귀하지 않은 것이 없지. 나미야, 너는 어떤 사람인 것 같니?"

포포 할아버지가 다미의 눈을 지그시 보며 물었어. 할아버지의 깊은 눈이 다미의 속마음을 환히 들여다보는 듯했어.

"음, 잘 모르겠어요. 그냥 무슨 일이든 최선을 다해서 노력해요. 그리고…."

다미가 잘 생각이 안 나는지 고개를 갸웃거리자 포포 할아버지가 말했어.

"그리고 어려움에 처한 사람을 외면하지 않고 돕지. 그건 아무나 할 수 있는 일이 아니란다. 어쩌면 제일 어려운 일이지."

"아."

다미는 무언가 생각났는지 포포 할아버지를 보고 말했어.

"제 친구가 저보고 누군가 어려우면 그냥 못 지나치는 애라고 했어요."

포포 할아버지가 인자한 얼굴로 고개를 끄덕였어. 다미는 포포 할아버지와 이야기하는 동안 자신이 어쩌면 괜찮은 애일지도 모른다는 생각이 들었어. 처음으로 자신을 믿어보고 싶었지.

"포포 할아버지, 얼마 전에 누군가 그랬어요. 지금도 잘하고 있으니까 불안해하지 말고 자신을 믿어보라고요. 이제야 조금 용기가 나요. 한 번도 그러지 못했는데, 저도 절 한번 믿어볼래요. 부끄러운 방법 말고 나답게 해볼래요."

다미는 커닝 페이퍼를 만들던 자신을 떠올리며 말했어.

"그래, 너도 금방 알게 될 게다. 네가 얼마나 괜찮은 아이인지."

포포 할아버지가 흐뭇한 표정으로 말했어.

"니야옹. 야옹."

코코가 다미의 손등을 부드럽게 핥았어.

"코코도 그렇다고 하는구나. 허허허."

포포 할아버지가 코코를 보며 웃었어. 다미가 등을 부드럽게 쓸어주자, 코코는 기분이 좋은지 가르랑거렸지.

"다미야, 결과가 너를 말해주는 건 아니란다. 따뜻하고 성실한 너 자신을 그냥 그대로 사랑하렴."

포포 할아버지가 잔잔한 미소를 띠며 바라보았어. 다미는 마음에 무언가 차오르는 게 느껴졌어. 정말 오랜만에 느끼는 따뜻하고 편안한 감정이었지. 다미는 한결 밝아진 얼굴로 영화관 밖으로 나와, 포포 할아버지에게 고개 숙여 인사했어. 할아버지는 다정한 얼굴로 말했어.

"다미야, 네가 있어서 참 좋구나."

다미는 부끄러운 듯 수줍은 표정을 지으며 행복하게 웃었어.

영화표를 꼭 쥐고 집으로 온 다미는 크게 숨을 내쉬더니 안방으로 들어갔어. 엄마 아빠한테 자신의 마음을 솔직하게 말하고 싶었거든. 방에 들어가니 엄마가 침대에서 핸드폰을 보고 있었어.

"아빠는?"

"오늘 늦는대. 왜, 무슨 할 말 있어?"

엄마가 다미를 돌아보고 바로 앉으며 물었어. 다미는 용기가 나지 않았지만, 너 자신을 믿어보라는 포포 할아버지의 말이 생각나 주먹을 가만히 쥐었지.

"엄마, 나 힘들어."

그 말에 엄마가 눈을 크게 뜨며 말했어.

"왜? 무슨 일 있어?"

"여기가 아파."

손바닥을 가슴에 대고 말하는 다미의 목소리가 조금씩 떨리기 시작했어.

"아프다고?"

엄마가 놀라며 되물었어.

"열심히 노력했는데 자꾸 성적이 안 나와서 속상해. 또 엄마 아빠 실망시킬까 봐서."

다미의 눈에서 눈물이 떨어졌어.

"시험 못 볼까 봐 불안하고 너무 초조해. 시험 못 보면 엄마 아빠가 나를 싫어할까 봐 걱정되고 무서워."

다미는 어느새 눈물 콧물을 쏟아내며 말했어. 긴장했는지 윗입

술에 조금 경련이 일었어.

"다미야, 몰랐어. 네가 그렇게 생각하는지."

엄마가 놀란 얼굴로 가까이 다가왔어.

"엄마, 미안해. 나도 언니처럼 잘하고 싶은데 그러지 못해서."

다미가 고개를 떨어뜨렸어. 주먹 쥔 손이 파르르 떨렸지.

"아니야, 다미야. 엄마가 미안해. 네가 이렇게 힘들어하는 줄도 모르고. 엄마가 미안해."

엄마는 붉어진 눈으로 다미를 꼭 안아주더니 눈물을 닦아주었어. 엄마와 다미는 그렇게 한참을 안고 있었어.

시험 날이야.

"엄마, 학교 갔다 올게."

다미가 신발을 갈아 신는데 엄마가 현관으로 나왔어.

"다미야, 시험 편하게 봐. 그리고 어제 아빠랑 얘기 많이 했는데, 아빠가 너 힘들면 학원 줄이래."

"생각해 볼게."

"다미야, 엄마가 많이 사랑하는 거 알지?"

엄마가 다미를 꼭 안아주며 말했어. 다미도 엄마를 꽉 껴안았어.

학교 가는 길에 아빠로부터 문자가 왔어.

최선을 다하고. 못하면 다음에 잘하면 되니까. 오전 8:17

아빠의 문자에 다미는 괜히 눈물이 핑 돌았어.

응. 오전 8:17

한참 있다가 아빠한테 또 문자가 왔어. 이모티콘 하나가 찍혀 있었어.

♡ 오전 8:37

다미는 이모티콘을 보고 빙그레 웃고는, 아빠에게 문자를 보냈어.

아빠, 나도 사랑해. 오전 8:37

시험 결과가 나왔어. 마음 편하게 시험을 봐서인지, 지난번보다 성적이 올랐어. 비록 실수로 두 개를 틀려서 100점을 받지는 못했지만 그래도 괜찮았어. 반대로 정준이는 두 손으로 머리를 쥐어뜯으며 괴로운 표정이었지.

"으, 이번엔 진짜 열심히 했는데 어떻게 지난번이랑 똑같냐고?"

"다음에 잘 보면 되지. 뭐 그런 거 가지고 그러냐?"

다미가 정준이를 보고 말했어. 정준이가 눈을 크게 뜨고는 말했어.

"너 한다미 맞냐?"

"네가 그랬잖아. 최선을 다하면 그걸로 충분하다고. 얼른 떡볶이나 먹어."

다미가 웃으며 말했어.

"네가 사줘서 그런지 더 맛있다."

정준이가 떡볶이 두 개를 한꺼번에 입에 넣더니 오물거렸어.

"고마워."

"어? 갑자기?"

정준이를 보며 부드럽게 미소 짓던 다미는 쑥스러워하며 말했어.

"네가 나한테 항상 잘하고 있다고 말해줬잖아. 너 때문에 나도 꽤 괜찮은 애라고 생각하게 됐거든."

"너 진짜 괜찮은 애 맞아. 그러니까 내가 너 좋아하지."

"뭐?"

"내가 너 좋아한다고."

이번에는 눈을 똑바로 마주 보며 정준이가 분명한 목소리로 말했어. 다미는 당황한 표정을 감추느라 얼른 물을 마셨어.

"떡볶이가 좀 맵다."

다미의 얼굴이 조금 빨개졌어.

"그러게. 오늘은 진짜 좀 맵네."

정준이가 갑자기 부끄러운 듯 다미 눈을 피해 손부채를 하며 빨개진 얼굴로 말했어. 다미도 그런 정준이를 보고 빙긋 미소 지었어.

포포 할아버지는 둘의 모습을 사랑스럽게 바라보았어. 그리고 코코를 보고 웃으며 말했어.

"날이 좋구나. 코코야, 오랜만에 걸어볼까?"

"니야옹."

둘은 함께 영화관 문을 나섰어. 눈부신 햇살이 쏟아져 내렸어. 포포 할아버지가 행복한 얼굴로 햇살 속으로 한 걸음 내디뎠어. 코코가 두 귀를 쫑긋 세우고 노란 눈을 반짝이며 함께 걸었지. 높아진 햇살과 살랑거리는 바람결이 걷기 딱 좋은, 그런 날이었어.

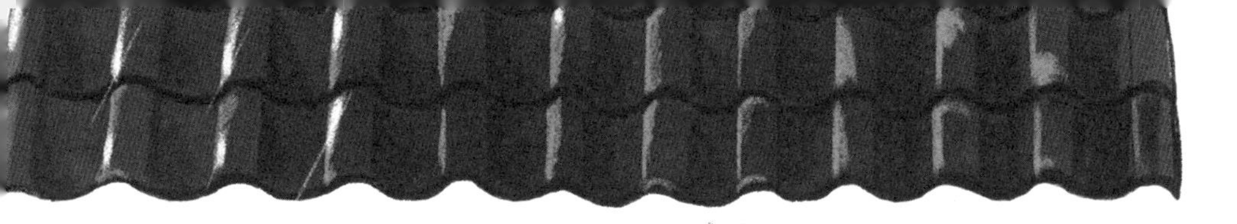

| 에필로그 |

또 다른 행운의 아이

다목적 체육관 관중석에 고운, 은지, 하영, 재석, 다미가 나란히 앉았어. 다섯 아이는 여섯 개의 배드민턴 코트 중 한 곳을 보고 있었어. 곧 정준이와 명수가 학교 대표 선수로 나올 예정이었거든. 대표로 선발됐던 6학년 아이 중 한 명이 다리를 다치는 바람에 예비 후보였던 정준이와 명수가 참가하게 되었지.

"고운아, 너 동생 보느라 못 올지도 모른다더니 왔네."

은지가 고운이를 보고 말했어.

"응, 여기 꼭 오고 싶다고 했더니 엄마가 모임에 솔이 데리고 간다고 다녀오래. 끝나고 맛있는 거 먹고 오라고 용돈도 주셨어. 이따가 다 같이 떡볶이 먹으러 가자. 저번에 다미가 알려준 떡볶이 가게가 이 근처인데 진짜 맛있어."

고운이가 다미를 보고 눈을 찡긋하며 웃어 보였어. 그리고 생각 난 듯이 물었지.

"참, 다미야, 너 오늘 학원 수업 있지 않아?

"얼마 전에 그만뒀어. 주말에 다니는 거 힘들다고 했더니 아빠가 쉬라고 했거든."

다미가 편안한 얼굴로 말했어.

"재석아, 초코는 잘 있어? 보고 싶다."

하영이가 궁금한 얼굴로 옆에 앉은 재석이를 돌아봤어.

"응, 저번에 네가 준 장난감 진짜 잘 가지고 놀더라. 우리 다음 주말에는 가을이랑 초코 데리고 강아지 공원 갈래?"

"좋지."

재석이의 물음에 하영이가 눈을 가늘게 뜨며 웃었어.

"나도 가을이랑 초코 보고 싶어."

고운이가 말하자 은지와 다미도 함께 가자며 간절한 눈빛으로 하영이와 재석이를 쳐다봤어. 둘은 웃으며 알았다고 고개를 끄덕였지.

곧 복식 결승전이 시작됩니다. 선수들은 입장해 주세요.

안내 방송이 나오고 코트 위에 정준이와 명수가 보였어. 아이들이 손을 들고 환호했어.

"정준아, 명수야! 여기!"

정준이와 명수가 알아보고는 손을 흔들었어. 특히 정준이는 다미를 향해 '파이팅' 하듯 주먹을 가볍게 쥐고는 환하게 웃었지. 수줍게 미소 짓는 다미의 얼굴이 조금 붉어졌어.

정준이와 명수는 라켓을 가볍게 부딪치고는 서로를 보고 씩 웃어 보였어. 시합이 시작되자 아까부터 다미 옆에 앉아서 얘기를 몰래 엿듣고 있던 꼬마 아이가 조용히 일어섰어. 그러고는 만족스러운 미소를 띤 채 체육관 밖으로 나왔어. 강하게 내리쬐는 햇살을 가리려고 아이는 손을 들어 올렸어. 하얀 손목에 걸린 노란 팔찌가 예사로이 보이지 않았지. 팔찌에 달린 작은 방울 두 개는 햇빛을 받아 유난히 반짝거렸어.

꼬마 아이는 체육관 계단 위에 쪼그려 앉아서 울고 있는 한 아이를 보았어. 가까이 다가가자, 울고 있던 아이가 고개를 들었지. 복잡한 얼굴에 슬픔이 가득한 눈이었어. 꼬마 아이는 우는 아이에게 하얀 봉투 하나를 내밀었어.

아무도 없는 골목으로 들어선 꼬마 아이는 팔찌를 손에 꼭 쥐고 무언가 중얼거렸어. 그러자 눈 깜짝할 사이에 하얀 고양이가 되었지. 목에 노란 방울을 달고 작은 귀에 노란 눈동자를 가진 사랑스러운 고양이, 코코가 된 거야. 코코는 야옹 소리를 내며 꼬리를 곧추세우고 사뿐사뿐 걷다가 보드라운 하얀 털을 날리며 뛰기 시작했어.

'딸랑딸랑.'

단 한 사람만을 위해 열리는 마음 영화관.

그곳에 올 행운의 아이를 만나기 위해서.

(끝)

청소년 성장소설 십대들의 힐링캠프, 사랑(초등고학년)

코코의 마음 영화관